Me résoudre à la plus funeste des déterminations ne fut pas trop difficile. Le spécialiste était formel. La progression de la maladie ne me laissait aucun espoir. Devant l'inéluctable, pourquoi me perdre en vaines réflexions ! Je pris quand même un instant avant de céder.

Nous passâmes à côté. Le praticien, d'un geste familier, remplit alors une seringue et, sans la moindre brusquerie, serra le chat contre son tablier. Puis, placide, il lui fit sa mortelle injection. J'étais troublé, mais calme. N'était-ce pas le seul parti qui convenait ? Aucune rémission n'était à espérer. Le mal et son cortège de souffrances ne pouvaient qu'empirer. Le chat, aussi, était calme. Avec sa nonchalance coutumière, il m'offrait son beau regard de sérénité pour ce qu'il ressentait comme soins et tendresse. J'en éprouvais une gêne intense, accentuée par l'étonnement de voir que l'effet de la piqûre ne suive pas aussitôt l'injection. Dans le silence et la tiédeur du cabinet, nous étions tous les trois si paisibles que je finis par oublier ce que nous attendions là, dans une étrange paix. En voyant le regard du chat s'étrécir, la pénible perspective me revint. Le fatal liquide amorçait son effet. Lentement, je vis apparaître dans ce regard la marque d'une surprise allant grandissant, jusqu'à devenir une espèce de saisissement dénonçant ma trahison. À juste titre ! Mû par l'amour que je lui portais, j'avais emmené le chat, pour le faire soigner, le guérir peut-être, puis rentrer. Et ici, sans vraiment tergiverser, je l'avais abandonné et condamné. Nos yeux, invinciblement liés, restèrent à débattre une longue minute, deux peut-être, jusqu'à ce que son regard se mette à déverser dans le mien une haine si concentrée que son extrême véhémence me vrilla le cœur. Peu à peu cette expression s'effaça pour laisser place à celle d'un désarroi sans égal qui, dans la seconde, me pétrifia totalement. Pour finir, les yeux du chat se voilèrent, l'irrémédiable s'accomplit, libérant mon attente et ma respiration.

Les images de cette scène sont depuis longtemps en moi. Rarement présentes, elles me restent accessibles malgré leur impitoyable dureté. Dans l'éclair de leur évocation, elles me rappellent ce que nous avons vécu là, le chat et moi, ainsi que… le vétérinaire.

Le praticien, je l'avais remarqué, n'avait pas, lui non plus, quitté des yeux le regard du chat. Il l'avait fait d'une manière soutenue qui démentait ce que j'avais pris jusque-là pour une sinistre routine. Je l'avais amené à m'en parler : « Bien dosé, le mélange toxique ne doit pas faire souffrir. Je m'applique toujours à éviter que cet acte puisse, ne serait-ce que peu, être pénible ou douloureux. Il me faut, évidemment, tenir compte de la bête, de son âge, de son état, de son poids. Je vous ai vu suivre, soigneusement comme moi, la phase de dilatation des pupilles, dite “mydriase”, consécutive à la mise en œuvre des réflexes de défense adrénergiques, après quoi est survenue leur contraction que nous appelons “myosis”, qui signe la réaction antagoniste, dite parasympathicomimétique. Je m’applique à bien surveiller ces deux temps, distincts dans l’œil de l’animal, pour parfaire ma pratique et ne pas infliger de souffrance inutile. »

Le choc de ces paroles fut sur moi d’une violence à la mesure de l’émotion avec laquelle j’avais vécu la triste scène. Celle-ci, parlant tellement d’elle-même, m’avait laissé sous le poids de sa forte emprise. Que le témoignage de l’homme de science soit si distant de ce que j’avais ressenti était naturel, mais me fit saisir inopinément que ce à quoi j’avais été exposé n’avait exercé sur moi aucune emprise. Tout au contraire, c’était moi qui avais exercé sur toute la scène l’emprise même que je lui attribuais. En fait, d’emprise il n’y avait pas. J’avais fait parler ce que j’avais vu, le praticien aussi. Une différence, cependant : l’homme de l’art avait organisé le thème et les termes de sa réflexion afin de parfaire sa maîtrise. Pour ma part, je n’avais rien décidé, ni même anticipé. Cela m’avait donné la certitude d’avoir bel et bien subi l’emprise de ce qui s’était passé. Le récit de ce qu’avait observé le praticien me montrait que cette emprise ne s’appuyait sur les détails de la scène que par l’accueil que je leur avais réservé. C’était cet accueil qui avait déterminé la teneur et le sens de ce que j’avais ressenti.

Ce fut une révélation d’apercevoir que la mort du chat ait pu être vécue de façon assez prosaïque par celui-là même qui la lui donnait, pendant que j’étais exposé, sans ambages, à la mort de va savoir qui, dont le regard m’avait fortement impliqué. Dans la tentative de décider de ce qui s’était, devant moi, véritablement déroulé, je découvrais que j’avais eu à affronter la réalité de… ce que mon regard avait vu. Ce que j'avais discerné dans les yeux du chat avait tout pour m'évoquer d'autres morts parmi celles que j'aurais pu redouter ou… attendre. Omettre l'omniprésence de la mort, comme nous le faisons le plus souvent, entraîne devant le surgissement d'une de ses flagrances l'évocation imparable de bien d'autres.

La quiétude du vétérinaire m'avait confronté à une vérité dont l'évidence crève les yeux : c'est le regard qui voit… ce qu'il voit. Et tout autant quand ce qu'il voit s'impose à lui. La nature de l'image résulte du pouvoir absolu qu'a le spectateur sur elle, à son insu. Pour ce qui est de la parole et du sens donné aux mots, le même ascendant existe, mais il est moins clandestin. Qui n'a appris à se défier de la signification de ce qu'il vient à entendre ? Depuis l'enfance, chacun est familier de l'usage arbitraire des paroles qu'on lui adresse ou de ce qu'il peut lui-même proférer. À l'opposé, l'image semble ne receler aucune intention, ne rien imposer, pas plus que chercher à convaincre. À être ce qu'elle est, elle ne montre qu'une transparente vérité. Elle n'incite pas à la critique. Si l'on prend l'exemple banal du rêve, on sait qu'il est une succession d'images qui vont notifier… ce que le rêveur en décidera par son récit, récit qui finit par être pris pour le rêve. Ce que nous considérons abusivement être le rêve n'est qu'une pathétique affabulation. Ce qui se fait passer pour le rêve n'est que sa légende.

L'image a un tel pouvoir que, même décrite, elle paraît encore honnête parce qu'elle semble n'imposer ni artifice ni perfidie. S'exhibant dans une parfaite limpidité, l'image offre une évidence qu'il suffit de… faire parler. Cette apparence loyale et digne de foi explique l'usage si répandu et commun de la métaphore ou de la parabole, qui tentent d'exploiter ce surprenant pouvoir de persuasion. C'est ce que me révélait la double perception de la mort du chat, ouverture sur une infinité d'autres. Ma vision spontanée était aux antipodes de celle délibérée du praticien. Laquelle pourrait prétendre être plus authentique ? Qui serait qualifié pour décider de ce que représente vraiment une image, une scène, une vie ? Nous vivons dans un drôle d'univers, puisque nous le subissons dans la mesure même où nous l'inventons. Savoir cela ne nous permet malheureusement pas de critiquer ce que nous voyons. Il nous faudrait une autre façon de voir pour saisir la nôtre, qui, d'être la nôtre, abuse pleinement notre sincérité. Ainsi, ce qui constitue le pire de nos symptômes, de loin le plus perfide, ne laisse même pas apercevoir sa nature de symptôme.

La psychanalyse exerce son singulier pouvoir, à attribuer le poids des vécus actuels à la permanence de façons de voir archaïques. Curieusement, elle ne se préoccupe en rien de la réalité évoquée par les récits, dont seul importe ce qu'ils révèlent de leurs façons de voir. Différente en cela de la plupart des modes de saisie de la parole, sa spécificité consiste à ne pas s'intéresser à la justesse de ce qui vient à se dire. Pour le psychanalyste, toute parole est *ipso facto* foncièrement juste. C'est sur ce qui sous-tend sa survenue qu'il porte son attention, dans la quête de ce à quoi elle est secrètement appropriée. Toute façon de dire est, en séance, entendue en fonction de la relation qu'établit le parleur avec le destinataire. C'est ainsi que se perçoit le transfert. Dans les yeux du chat, quel regard me dévisageait donc ? Qui tremblais-je soudain d'avoir devant moi ? De qui étais-je en train de consommer la mort? Quel vœu secret semblait se réaliser dans ce que j'observais?

Pour qui agit-on, quand c'est par amour? Était-ce d'ailleurs de l'amour que donner la mort? De ces énigmes, une autre surgissait. À qui, quand on aime, croit-on vouer son amour? En ce chat affectionné, qui pendant des années avais-je à ma manière cru chérir? Quel objet venais-je de perdre, qui me laissait soudain seul avec son absence? De l'épreuve que je venais de vivre, j'allais continuer de porter ce qui en moi en constituerait le poids. Pleurer quelqu'un qui disparaît, c'est moins souffrir une séparation ou soutenir un deuil que, dans cette épreuve, affronter qui on est. C'est apercevoir beaucoup de soi qu'on ignore, que la circonstance dénonce. Pleurer, regretter, souffrir n'apporte rien à qui n'a plus d'existence qu'en nous. Croyons-nous régler une dette à lui dédier notre peine ou craindrions-nous de l'offenser en tournant la page?

La façon de voir du vétérinaire semblait poursuivre la maîtrise de son acte. Cependant, à se trouver par lui rapportée dans son récit, elle prenait une portée qui se démarquait de cette visée. Ce n'est plus à son acte que le praticien avait affaire alors, mais à moi, interlocuteur-client, qu'il avait à convaincre de ses motivations. Et sans doute, à travers moi, était-ce lui-même qu'il persuadait de ses bonnes intentions. Le pouvoir d'abolir la vie exige un discours qui le légitime. À quoi la parole de cet homme pouvait-elle s'employer davantage qu'à susciter la reconnaissance de sa compétence et, au-delà, à affirmer la vertu de son acte? Ainsi, quand nous communiquons le plus naïvement du monde nos façons de voir, nous ne discernons pas trop que, à travers nos façons de dire, ces façons de voir ont une tout autre visée, au dessein justificateur. Plaider après coup, par avance ou à tout hasard, pour nos pensées et pour nos actes, explique l'ardeur que nous mettons parfois à convaincre va savoir qui, de va savoir quoi. Parmi les mots clés qui absolvent, de la bonne foi à l'impérieuse nécessité, l'amour n'est pas le moindre. Le crime passionnel n'est pas sordide et tuer son chat par amour pour lui, non plus. Le mirage de toute façon de voir découle de ce qu'une façon de voir ne prend sens que par une façon de dire.

La théorie psychanalytique n'a rien pour flatter l'esprit, qui y découvre les limites de l'objectivité de toute saisie. Comment ne pas être troublé par le surprenant constat fait par Freud que, pour le porteur des images d'un rêve, la mise en mots qui lui en vient se trouve inféodée à ce qu'il ignore attendre de cette verbalisation ? Le récit d'un rêve a pour fonction d'interpeller celui auquel ce récit est destiné, comme si le rêve lui-même avait été fait dans ce but. Éclaircir ce qui est là exprimé n'est pas pour autant évident, grâce à quoi beaucoup peut s'échanger sans être vraiment dit. Il faut ajouter que les interprétations de l'analyste sont prises dans le même jeu de translation. Au-delà de leur supposée révélation, elles actualisent une intention véhiculée par ce qu'elles énoncent. À être dite, toute façon de voir est vouée à se prendre dans une visée toujours autre.

L'image prend le sens de son énonciation. Notre vision du monde est la poursuite du discours qui nous attache à lui. Ainsi en a-t-il été de mon regard sur la mort du chat, que le lecteur a toute licence de voir en fin avec le sien.

L'amour est dans le lien ressenti.

LA PRÉSENCE DU PASSÉ

L'averse me surprit à deux pas de chez moi. J'avisai aussitôt une galerie d'art providentielle, troublé d'être passé là des dizaines de fois sans l'avoir remarquée. Il me déconcerte toujours que ce soit mon regard qui fasse surgir le monde. Convaincu de subir la réalité qui m'entoure, j'ignore que je la perçois pour ce que j'en fais. La galerie était un abri. Que les artistes me pardonnent !

De ce havre lointain me reste le souvenir d'une gêne devant des toiles et des photographies entremêlées. À être imbriqués, imaginaire et réel semblaient se discréditer. L'instant d'après, je repartais sans me douter qu'un de ces clichés me reviendrait plus tard comme une énigme.

*

La photo imposait la perspective difficilement soutenable d'une ville entièrement anéantie. Du premier plan jusqu'au plus lointain, ruines et décombres y élevaient de gigantesques amoncellements de pierres et de poutres noircies. Des fumées éparses disaient que le cataclysme était récent. Oublieux de son origine et intrigué par la présence en moi d'un tel panorama, je cherchais dans son hallucinante composition la cause de ma réminiscence. Sur ce fond de tourmente apaisée, dominant l'immense mer de gravats, deux personnages donnaient la mesure de l'étendue dévastée. Leur solitude communiquait le sentiment qu'ils étaient seuls survivants du désastre. Une femme, à la fois jeune et sans âge, les traits tirés, occupait la droite du tragique tableau. Son visage pétrifié renforçait le choc de la désolation. On comprenait d'autant mieux son expression qu'on pouvait soi-même observer ce qu'elle découvrait. Son regard semblait aussi perdu qu'incrédule, sans doute parce que toujours empli de ce qui s'élevait là, hier encore. Le désordre de ses vêtements, ses yeux hagards et ses épaules lasses soulignaient que cette femme, sous le poids d'alarmes démesurées, était encore plus anéantie par l'aspect qu'offrait le calme revenu.

Si je n'avais pas personnellement vécu cette scène, qu'avais-je à faire de son évocation ? Ce genre de cliché, la presse nous y a accoutumés. C'est l'illustration d'un tremblement de terre ou le rappel d'un terrifique bombardement. De tels spectacles sont le symbole de la perdition humaine absolue, à ceci près que celui qui regarde un tel document découvre un cauchemar qu'il a le pouvoir de quitter aussitôt. Même s'il ressent douloureusement la détresse de la situation, il n'est menacé par aucun des périls qui s'y annoncent. Je me sentais pourtant concerné par cette pénible fresque, sans saisir ce que son retour me signifiait.

À côté de la femme, et lui donnant la main, se tenait une petite fille de deux ou trois ans qui retenait peu l'attention, tant la ville anéantie emplissait la scène. Le visage de la fillette ne me laissait pourtant pas indifférent, sans m'en dire plus. De temps à autre, cette étrange réminiscence venait me rendre visite. Elle avait une place particulière dans mes archives mentales, comme si j'avais participé à ce drame et vécu sa tourmente, ou comme si j'en avais été le photographe, attaché à conserver le témoignage irréfutable d'une chose difficilement concevable, sans trop savoir de quoi. Des destructions semblables, il se trouve que j'ai eu la triste occasion d'en contempler. Celle-là, pire que tout ce que j'avais pu voir, venait moins m'affecter que me confondre. La familiarité du cliché me restait étrangère, comme celle d'un objet qu'on connaît bien, mais dont on ignore l'usage.

Avec le temps, la fillette me retenait davantage, si j'ose dire, car la scène ne faisait jamais que me traverser l'esprit. Je finis par remarquer que son expression différait de celle de la jeune femme. Le visage presque face à l'appareil qui avait fixé ses traits, et légèrement tourné vers le haut, l'enfant contemplait celle que j'imaginais n'avoir pu être que sa mère. La femme, captive de son inassimilable vision, semblait avoir oublié jusqu'à l'existence de celle qu'elle tenait par la main. Sans doute est-ce par opposition à sa stupeur que la physionomie de la petite m'apparut mieux. Jusque-là, captivé par le désastre, je n'avais pas su voir que ce visage enfantin affectait une espèce de placidité ! La petite, la main dans celle rassurante de sa mère, semblait ignorer l'univers de ruines qui les entourait toutes les deux. Selon toute logique, la fillette n'avait pu manquer de vivre, elle aussi, de terribles instants. Elle ne le montrait pas. Contempler sa mère la contentait. À l'instant de la photographie, en tout cas, pour elle rien d'autre n'existait.

Le contraste des visages déconcertait. Je n'imaginais pourtant pas le photographe suffisamment avisé à ce moment tragique pour décider de fixer cette surprenante dissemblance. Je supposais plutôt que celui qui avait pris le cliché avait machinalement utilisé les personnages pour constituer un premier plan propre à accentuer la perspective de fin du monde qu'offrait le paysage dévasté. La sérénité insolite de l'enfant, après avoir éveillé ma curiosité, incarna pour moi l'étrangeté de la scène. C'est à elle, finalement, que je crus attribuer la raison de mes réminiscences. Ce que cette image avait mis du temps à m'inspirer, et qu'elle vient de temps à autre me rappeler, était pourtant simple à saisir. Nous en avons tous l'intuition, et même la certitude, sans y croire vraiment, tant cela nous dérange. Cette petite fille, la main dans celle de sa mère et la regardant intensément, aussi proche qu'elle ait pu être de cette mère, et justement parce qu'elle était emplie d'elle, ne pouvait en rien partager ce que ressentait cette femme sur qui tout le poids du monde venait de s'abattre. La dissemblance de leurs expressions révélait que ces deux êtres qui se tenaient par la main, malgré la circonstance qui leur faisait apparemment partager le même malheur, ne vivaient en rien la même scène, parce qu'elles ne la voyaient tout simplement pas de la même place. La réalité pour cette femme était celle d'une catastrophe écrasante par son cortège de sacrifices à venir. Pour la fillette, il en allait tout autrement, regarder sa mère et lui tenir la main suffisait à son bonheur de l'instant, jusqu'à lui apparaître immuable. S'était-elle crue perdue ? Avait-elle été apeurée à en mourir ? Peu importait. Elle était rassérénée. Rien n'entamait sa quiétude. Sa mère était là. Pour elle, quelque aspect que puisse prendre le monde, sa mère en était encore la souveraine. Depuis sa naissance, l'ordre de l'univers, la place et le sens de toute chose émanaient de cette présence tutélaire et régnante. Pourquoi, à ce moment tranquille, aurait-elle été inquiète puisque, par la seule grâce de celle que présentement elle contemplait, elle avait toujours été comblée ?

Le message évident et caché de la photo prenait force de sa valeur universelle. Chacun n'a d'abord distingué du monde que la figure de sa mère. C'est lentement que se sont fait pressentir au-delà les diffuses menaces d'un univers immaîtrisable. Puisque tout semblait provenir de cette dispensatrice de toute chose, il suffisait d'exercer sur elle notre emprise pour soumettre l'univers. À notre esprit d'enfant, qu'elle soit là était la sécurité.

Le plaisir pris aux moments d'effusion avec une mère proche ou la tristesse ressentie à ses éclipses n'indiquent en rien ce qui meuble son univers. Comment, de notre place enfantine, avoir la plus infime prescience des difficultés que cette omnipotente pourvoyeuse peut rencontrer ? Comment pressentir qu'elle puisse avoir un autre souci que de nous, qu'elle puisse avoir un autre objet d'intérêt ou seulement d'attention ? Comment se représenter qu'elle doive parfois endurer des souffrances, à en être meurtrie ? C'est cet aveuglement premier qui nous a fait regimber quand, peu à peu, elle ne nous est plus apparue comme une permanente providence. La découvrir affairée à quelque obscure activité ou seulement distraite, devoir affronter ses interdits ou seulement ses agacements, ne nous a pas ouvert les yeux sur la chimère de notre perception idyllique. De cette généreuse tutelle nous avions un tel besoin qu'il nous fallait la maintenir. Ramener ses pouvoirs à de plus prosaïques proportions aurait suspendu notre vénération et détruit sa souveraine protection. Sa faiblesse nous aurait jeté dans l'angoisse de la solitude et de la perdition. Comment faire pour que ses manques et ses failles n'abolissent pas l'emblème de notre bien, sinon en reportant son fabuleux pouvoir sur d'autres instances ? Cette puissance protectrice à laquelle il était difficile de renoncer, nous l'avons purement et simplement remplacée !

Chacun a entamé sa quête de suppléance en méconnaissant l'origine utopique des successives figures qui assureront pour lui le relais de la providence maternelle. À l'objet perdu les substituts ne manquent pas. Il suffit de les élire et de se les concilier. En tout premier, un fétiche peut y aider, car il offre avec sa facile maîtrise le sentiment de la connivence parfaite. De se sucer les doigts à l'ours en peluche, le geste ou l'objet bénéfique peut prendre bien des aspects. Ainsi, notre quête ne partira plus d'un être difficile à conquérir, mais d'une attitude plus facile à maintenir. Nombre d'exigences enfantines, longtemps invincibles, trouvent là leur raison d'être. Certaines s'affirmeront dans le caractère que nous imposerons plus tard à notre entourage. Mais, avec l'âge et la raison (!), et pour aller vite, cette délégation de pouvoir saura se reporter sur Dieu, sur un Maître, sur une Doctrine. Ce sera la Famille, la Patrie, la Morale. Ce sera la Science, la Magie, une Discipline. Ce sera un idéal, un trait identificatoire, un tic. Ce sera une drogue, un symptôme, un vice. Ce sera l'équivalent d'une permanence, apparente ou secrète, parfois déconcertante : « Ne pas avoir mes angoisses m'est insupportable » valait pour celui dont seules les alarmes les plus extrêmes étaient censées retenir la mère. Depuis toujours, pour cet hypocondriaque : « Sans mes angoisses, personne en vue ! »

Se sentir abandonné est la grande menace du plus jeune âge. C'est un des premiers ressentis. Chaque nourrisson, incapable par lui-même, repère ce qui lui semble maîtriser l'entourage. L'empreinte de cette situation cruciale et des premières expériences d'emprise incite parfois, pour retrouver une sérénité de base, à avoir recours à quelque comportement, habitude, façon de penser qui, du seul fait d'exister, consent un sentiment réconfortant. Chacun a ainsi recours à des attitudes, parfois minimes, parfois astreignantes, auxquelles il est tenu sous peine d'angoisse. Elles n'apparaissent comme exigences que si elles viennent à manquer. Il me souvient d'un homme qui avait subi avec sérénité le bombardement en piqué d'avions au grondement terrorisant, et qui une heure plus tard connut une crise d'insurmontable angoisse à découvrir les restes emboutis du bock à lavement dont, depuis son enfance, il ne se séparait jamais. Cet objet, précieux entre tous, signifiait pour lui la meilleure, sinon la seule modalité de se concilier chaque matin l'univers, l'univers maternel on s'en doute. Qu'un de nos nécessaires commerces avec le monde devienne impossible, et c'est la faillite de toute sérénité. Comment savoir ce que c'est, avant que ça fasse défaut !

Pour ce qui est de nous rassurer, nous pouvons rompre avec le monothéisme, et nous avons l'art de nous en remettre à plusieurs registres souverains comme ceux qu'offrent la science et la religion, pour ne nommer que ces plus gros fournisseurs agréés d'égides toujours accessibles. Si, par précaution, on a su multiplier les protections, encore faut-il éviter leurs oppositions. L'instance qui rassure exige l'appartenance et l'enrôlement. Se laver les mains et faire sa prière n'excluent pas leur vertu rassurante. Faire appel à la médecine et à un guérisseur non plus. Mais il est des esprits dont la foi exige le renoncement à tout soin terrestre. Ils trouvent leur compte à penser leurs malheurs en termes d'épreuves divines, avec l'avantage de n'avoir rien d'autre à faire qu'à y croire et à s'y soumettre pour ne pas se sentir abandonnés. Ils peuvent ainsi donner un sens à leurs souffrances et... espérer.

La contrepartie des bienfaits d'une tutelle est à la mesure de l'autorité invoquée. Ceux qui croient préférable de se confier à la toute-puissance des savoirs humains devront se soumettre à des procédures plus ou moins contraignantes pour espérer en bénéficier. Le recours à l'une peut exclure le recours à l'autre. Se nourrir de lait ou éviter d'en boire ne peut se faire en même temps. Déjà, annoncer à un médecin qu'on continue à suivre les prescriptions d'un de ses confrères semble mettre en péril sa sollicitude. On aurait encore plus peur que ça ne lui soit totalement indifférent : « Ça ou rien ! » semblerait-il dire. Il n'est pas facile de percevoir qu'à tout moment on se soumet à des comportements rituels pour amadouer les pouvoirs qu'on implore.

Un singulier aveuglement nous empêche de saisir ce que nos manières d'aujourd'hui conservent des manèges qui subjuguaient une mère à la solde de nos simagrées. Ce temps révolu a laissé en nous des leçons durables. Ainsi se sont affermies des attitudes qui ont découlé de ces premières expériences, composant le caractère que nous imposons à notre entourage. Adultes, nous avons dû justifier ces façons d'être et leur trouver des motifs apparemment raisonnables. Car, avec l'acquise soumission au sens, nous en sommes venus à craindre, moins de perdre notre mère, que de perdre... la raison. C'est pourquoi celui à qui sa névrose fait subir la contrainte de conduites apparemment absurdes a le besoin insistant de leur donner un sens. Les cultures dites primitives offrent, à leurs tenants, des cosmogonies qui, pour sembler simplistes à nos yeux, attribuent à toute aberration une fonction dans le groupe. Même dément, chacun a sa place dans les arcanes d'une tradition qui rassérène par son règne tutélaire. Pour ce qui est de nous, que la société condamne à se percevoir comme autonomes, il nous faut vivre seuls nos propres malheurs. Nous n'attribuons pas un rôle réintégrateur au médecin, au prêtre et aux autres dépositaires de pouvoirs. Nous attendons pourtant, avant même d'être soigné, que le trouble dont nous souffrons soit placé sous l'égide d'un savoir qui en possède l'entendement. Le médecin nous communique le point de vue de la Faculté, le prêtre celui de Dieu. Autour d'eux, des doctrinaires de tout acabit nous proposent leurs bons offices. Il y en a pour tous les goûts. Pour bénéficier de leur tutelle, il suffit de les élire. Si on ne s'en trouve pas forcément guéri, du moins on ne sera plus abandonné. Peste et choléra, exterminateurs de sinistre mémoire, mettaient ceux qu'ils touchaient hors de toute emprise humaine. Ces fléaux laissaient seul devant Dieu, donc pas seul du tout. Aujourd'hui les maux ont cessé d'être des malédictions célestes, mais certains échappent toujours au pouvoir de la communauté humaine. Le règne de ce qui semble alors injuste ouvre sur la perte du sens lui-même. Le sentiment de perdition devant ce qui, d'aucune façon, ne peut se laisser fléchir fait vivre en permanence une solitude insoutenable. La mère ne se retrouve pas toujours ailleurs !

Dans le temps même où se dessinent les bases de notre maîtrise du monde, nos mères s'emploient, sans le savoir, à nous imposer un maître absolu. Dès notre plus jeune âge, elles s'entêtent à nous soumettre au tyran qui les enchaîne elles-mêmes. Appâtés par des avantages immédiats, nous nous sommes soumis de plus ou moins bonne grâce et avons accepté peu à peu de nous inféoder à ce pouvoir invisible et omniprésent. Dociles ou réticents, une fois assujettis, il nous a été impossible de lui échapper. Nous sommes tous restés ses esclaves volontaires. Ainsi, ce despote se cache, autant que vous le sachiez, derrière ma plume comme dans votre présente lecture. Ce souverain, à la fois asservissant et dispensateur de bienfaits, c'est LE SENS. Il fallait obéir à ses exigences pour gouverner notre mère. Il nous fallait comprendre ce qu'elle attendait de nous, pour continuer à être comblé. Nous avons donc eu à interpréter ce qui l'incitait à nous satisfaire, sans penser être abusé par les apparences. Ainsi, les mères sont loin de mesurer ce qu'elles enseignent quand, par exemple, avec nos bobos, elles nous donnent le pouvoir de les captiver. Si nos façons de l'amuser pouvaient lui plaire, nos façons de l'inquiéter la retenaient à coup sûr. Si de nous voir souffrir la soumettait, comment résister à lui offrir ce à quoi elle était si sensible ? Quel malheur que les voies de l'instinct maternel ne soient pas plus impénétrables, parce que nos premières expériences du monde commencent avec ce qui nous semble faire réagir notre mère. Comment ne garderions-nous pas en nous la trace de cette emprise première ? Fasse la chance que nos interlocuteurs ultérieurs ne nous encouragent pas à réactualiser ces pénibles offrandes, et tout particulièrement l'analyste en se montrant trop sensible à nos souffrances, même à celles qui nous ont conduit chez lui.

Figure allégorique, l'enfant de la photo attestait par son regard ce que lui apportait de sérénité dans un monde chaotique le lien à sa mère. L'instantané avait surpris et fixé cet état de grâce que nous avons chacun oublié avoir vécu. Si, de l'archaïque dépendance à la mère, la mère a pu être supplantée, la dépendance, elle, n'a pu être abolie. Énigmatique rappel de tout ce qui s'offre à protéger, le souvenir de la photo me disait que l'objet rassurant n'existe que pour celui qui le promeut tel. Un geste, une cigarette, un verre, portés à la bouche peuvent relayer la réponse apaisante à un désarroi archaïque. L'amour est dans le lien ressenti. Être aimé de Dieu en est un exemple, dont les indices patents ne sont pas plus illusoires que ceux de tout autre amour, que le transfert révèle. Quant à la Divine Providence, chacun trouve la sienne à la mesure de ses croyances ou de ses savoirs. Il nous faut maintenir sous mille formes une plus ou moins grande confiance en nombre de substituts maternels pour se préserver de l'angoisse d'être abandonnés au vent qui souffle. En cela, nous nous individualisons avec plus ou moins de bonheur, selon ce dont nous faisons dépendre notre sort. Nos mères, déjà, n'étaient pas interchangeables.

L'amour s'extorque
autant qu'il se mérite, se mendie ou s'attend.

L'AMOUR NE S'AUTORISE QUE DE LUI-MÊME

Ce qui lie l'amour à la copulation est aussi obscur que ce qui lie la copulation à la procréation. La chose n'a pas fini de faire les beaux jours des romanciers et des analystes, car le salmigondis qui en résulte ouvre sur des chapitres aussi aventureux que morbides.

Je médite sur l'étrange amalgame qui assemble la procréation, la copulation et l'amour. J'en suis à me demander si ces trois notions, que différencie leur simple évocation, peuvent se saisir l'une sans les autres. Et, tout d'abord, c'est quoi l'amour ? Platitude difficile à saisir… Soudain, un souvenir de ma propre analyse détourne ma pensée. Me revient une bribe de séance vécue dans la déception. La séance est assez lointaine, la déception aussitôt présente ! Que me veut cette amère réminiscence ?

*

Au stade de l'analyse où ce souvenir me ramène, je m'y montrais des plus soumis. Docile envers un interlocuteur qui n'en demandait pas tant, je m'abandonnais à ce que je nous imaginais faire en commun. La certitude que mon analyste œuvrait pour mon bien m'épargnait le souci de ce bien, vers lequel j'allais, serein, sous sa houlette tutélaire. Ainsi le petit garçon s'en remet-il à son père, jusqu'à ce que les failles de cette délégation tendent à l'en détourner. Au long des séances, j'avais acquis une certaine liberté de parole. Mon analyste était paré par moi de trop de lucidité pour que je songe à travestir ma pensée. Me faire apprécier me semblait naturel, être docile le moyen de l'être. Je ne concevais pas qu'il puisse en être autrement.

Mon analyste me laissait discourir à mon gré. Un jour — c'est ce que mon souvenir venait me rappeler — je me pris à soutenir avec une certaine verve une opinion différente de celle que j'imputais à cet homme peu loquace. Je n'ai plus la moindre idée de ce que j'avançais, mais je réalise aujourd'hui ce que pouvait avoir d'insolite que je manifeste une dissidence qui, croyez-moi, devait être des plus nuancées. Cet inhabituel son de cloche me fut interprété comme une forme d'agressivité. Je fus désarçonné, si ce n'est effaré, de me voir attribuer une intention qui démentait mon attachement. Je n'avais rompu avec mon habituel discours d'allégeance qu'en vue de contenter cet homme exigeant. Pouvoir ne pas dire comme lui était la preuve des progrès qu'il m'avait fait faire, ce dont il n'aurait pas dû manquer de se réjouir. Le petit enfant qui frappe son père le fait moins pour l'agresser que pour partager avec lui sa force naissante. C'était pour me faire apprécier que j'avais, moi aussi, montré ma force naissante. D'avoir été perçu comme agressif m'avait désemparé. Mais ce n'était encore là que peu de chose. Le pire était d'apercevoir que mon analyste ne m'avait pas compris ! Qu'il ait pu prendre pour une agression ce qui traduisait mon zèle me faisait brusquement découvrir la dimension utopique de l'unité de nos points de vue. Pour fugace qu'elle ait été, cette révélation mettait sérieusement à mal en moi l'illusion de mon alliance avec lui. Je revivais là le malaise des premiers désaccords avec mon père. Séance tenante, je me trouvais en plein cœur de la situation œdipienne, qui ouvre à l'angoisse de la solitude.

Le sentiment d'avoir été mal compris faisait prendre un tournant à mon analyse et à ma vie. Il m'avait ouvert les yeux sur l'accointance chimérique que je projetais, au-delà même du divan, sur ceux qui m'entouraient. Le fruit de cette révélation est encore présent. Que mon analyste et moi ayons pu donner des sens aussi différents au mouvement qui m'animait ouvrait, de plus, une question que je n'ai pas encore close : comment savoir ce qui se passe dans une analyse ? J'ai oublié de quelle façon, sur le divan, j'ai réagi à cette interprétation, mais je peux me demander aujourd'hui si, en m'imputant d'être agressif, loin de m'accuser, cet homme ne m'avait pas fait un cadeau de taille. Entendre comme agressif mon spécieux discours m'élevait au rang d'un contradicteur avéré, dont la parole ne tombait pas dans une oreille indifférente. L'imputation manifestait le poids donné à ce que je disais et sa formulation le souci consenti à mon devenir. Mais étaient-ce là les intentions de l'interprète ? Étaient-ce les raisons qui l'avaient poussé à intervenir de la sorte ? Avait-il réellement voulu mon bien ou s'était-il simplement agacé de la tonalité de mon discours ? Comment me faire une idée du moteur de son intervention et de ce qu'il avait mis en œuvre à cette occasion ? Je n'ai pas songé à le lui demander. Qu'aurais-je appris à entendre son témoignage, à défaut de pouvoir croire au mien ? Aurais-je dû avoir recours à l'opinion d'un tiers ? Comment décider du témoin le plus fiable en cette occurrence ? Il resterait encore la question délicate du moment auquel il serait le plus juste de faire cette estimation. Sur le moment ou, si un certain recul s'avérait préférable, le lendemain ou des dizaines d'années plus tard ? Si l'on penche vers l'impartialité supposée plus grande chez un tiers, comment et par qui celui-ci serait-il informé ? Cette insaisissabilité, qui apparaît sans remède, n'empêche pas analystes et patients de parler de leurs analyses en décrivant ce qui s'y serait effectivement déroulé. Parfois, c'est avec une autorité qui laisse pantois : « Mon analyste, ceci » ou « Mon patient, cela » ! L'apparence factuelle donnée à certains comptes rendus se croiraitelle plus probante ? Elle expose pourtant davantage à l'objection que ne le feraient constructions ou hypothèses.

Dans une cure, l'analyste et le patient sont trop différemment requis par leur engagement pour percevoir pareillement la situation. Est-ce seulement la même situation ? Ce que chacun peut élaborer n'est pris ni dans le même registre ni dans la même visée. Analyste et patient ont chacun leur place dans la cure. Ils ne peuvent concevoir ce qui se joue que de leur position. Et vous, lecteur, en tiers informé, à avoir lu ma description des « faits », croyez-vous pouvoir décider de ce qui y serait vrai ou faux et si j'ai réellement été agressif ? En tout cas, ne venez pas me le dire maintenant. Cela me dérangerait car, pour moi, ce n'est pas cela qui importe, mais ce dont je veux vous faire part, à partir de la seule façon dont j'ai vécu la chose.

Demander à quiconque de parler de son analyse, qu'elle soit en cours ou finie depuis belle lurette, risque fort d'accentuer chez lui la méconnaissance de ce qui a pu y être opérant. Une telle demande — mais qui donc oserait jamais la faire ? — ne suggère-t-elle pas, à simplement être formulée, qu'un récit pourrait être établi, qui ne resterait pas pris dans l'imaginaire ? Ne suggérerait-elle pas aussi, ce qui est plus perfide, que la réponse pourrait s'abstraire du souci de convaincre de tout autre chose, notamment de ce qui est attendu d'elle au présent ? Celui qui doit répondre serait donc supposé ne pas être asservi aux effets actuels de sa réponse, et censé pouvoir donner des informations factuelles. Ou alors, poser la question ne vise pas plus que le bien connu « Dites 33 » médical, où le contenu de la réponse n'a aucune part, puisque c'est sa simple résonance bronchique qui est en cause.

On sait que le principe de la demande inaugurale de toute analyse de dire « tout ce qui vient à l'esprit » n'a pas pour but de faire communiquer des opinions. Le patient n'a pas à être en accord avec la pensée qui surgit à son esprit. C'est ce qui autorise l'analyste à se détourner de ce qui est dit au profit de ce qui le fait dire. L'émergence de la parole du patient, dans la forme même où elle se module, dépasse autant sa maîtrise que la résonance de ses bronches. Accaparé par le sens qu'il donne à son dire, il ignore ce qui façonne ses paroles. Lui demander de parler de son analyse, dans le temps même où elle se déroule ou longtemps après, peut avoir un intérêt anecdotique ou psychologique, mais en rien psychanalytique. Ceux qui, analystes en formation ou autres, tentent d'éclairer leur lanterne, pour se rassurer, en comparant leurs analyses et leurs analystes, s'empêchent d'apercevoir que leur expérience n'en recouvre aucune autre et qu'elle ne prend sens que dans leur esprit. Celui qui est en analyse est seul au monde avec et devant son analyste. Aucune aide, aucune connivence, aucun salut ne peut lui venir de quiconque. Se faire accompagner à ses séances par sa mère, par la lecture d'un livre ou les avis d'un ami charitable masque la pleine singularité de la relation qui est à vivre et, par là, à retrouver. Croire pouvoir obtenir auprès des parents la confirmation de scènes d'enfance, dans la forme où elles seraient restées dans leurs souvenirs à eux, obscurcit qu'elles ont été vécues dans un imaginaire enfantin qui leur avait donné poids de réalité.

Si les cures des premières années de la pratique psychanalytique duraient moins longtemps, c'est que ceux qui s'y soumettaient n'avaient pas encore en tête le bréviaire du parfait patient, censé les éclairer, mais qui, en fait, aujourd'hui les égare. Les premiers patients qui ont osé avoir recours à la psychanalyse affrontaient une expérience marginale sans repères. Ils ne savaient pas à quoi ils se soumettaient et ne pouvaient anticiper ce qu'ils allaient affronter. Ils n'avaient pas affaire à l'image édulcorée et familière du Freud mythique que nous croyons connaître. Ils avaient affaire aux singularités d'un certain docteur Freud et aux arcanes bizarres de sa pratique. L'entreprise s'engageait avec l'homme, ses travers, ses aspirations, sa curiosité, ses attentes, plus qu'avec une technique encore loin d'être établie. Ce qui s'est dit et écrit depuis s'est employé à théoriser la situation. Il faut plus de temps, aujourd'hui, pour que les singularités en présence transparaissent derrière une supposée normalisation de la cure.

L'analyste, pour ce qui est de lui, aussi ouvert qu'il puisse être à ce qui est inconscient chez son patient, ne peut pour autant percer les zones d'ombre de sa propre implication. Les deux protagonistes engagent donc différemment leurs limites, qui ne sont pas moins négligeables d'un côté que de l'autre. Peut-on même estimer que la situation de la cure astreigne davantage le patient que l'analyste ? Au nom de quoi l'analyste conviendrait-il du sens de ce qu'il a entendu ? N'a-t-il, dans son écoute, rien à affirmer de lui-même ? N'est-il pas dans la dépendance, à sa manière, de ceux auxquels il se réfère pour tenir son rôle — Freud, Klein, Lacan, X, Y ou Z ? Va-t-il se montrer fidèle à une appartenance, même si elle est composite ? Va-t-il se donner le sentiment d'une singularité, si c'est pour lui d'importance ? Veut-il affirmer sa maîtrise sur le processus, sans trop voir que celui-ci est lié à ses façons de voir ? Pour ce qui est de ses interventions, dont il ne peut abstraire l'intention, peut-il tenir celle-ci en bride ? Veut-il le bien de son patient, s'il s'en croit le pouvoir ? Songe-t-il à parfaire des hypothèses, s'il se veut théoricien de la psychanalyse ? Aspire-t-il, sinon à se faire admirer, au moins à montrer sa compétence, sa vigilance, son art ? Va savoir ! Est-il pris, lui aussi, par la nécessité d'être apprécié, de se donner à aimer, ou tient-il à l'éviter ? Et, dans ce cas, à quoi se soumettrait-il en l'évitant ? Que l'analyste ne se sente pris dans aucune attente poserait la question de ce qui pourrait le faire, non seulement parler, mais déjà occuper sa place, à ce moment-là.

La situation analytique se veut confidentielle. Mais, dans la solitude du cabinet de l'analyste, les deux protagonistes du dialogue qui s'opère ne sont jamais seuls. Freud, par ses lettres, y a très tôt convoqué Fliess, et plus tard, par ses ouvrages, y a invité ses innombrables lecteurs. La séance d'analyse écarte toute présence d'un tiers. Mais, par la suite, tout un chacun pourra en être fait témoin, par un récit dont il sera tout bonnement impossible de décider de l'authenticité, et encore moins d'évaluer la raison qu'a ce récit d'être fait, à supposer même qu'on y pense.

Après l'exposé d'un cas fait par un analyste devant des collègues, il en manque rarement un pour penser, et pire, pour exposer à tous comment, lui, voit ledit cas dont il n'a entendu parler que par celui dont il dénie la juste saisie. Qu'on puisse s'opposer, jusqu'à vouloir le dénoncer, au parti qu'a pris celui qui expose, pourquoi pas ? Mais comment donner son avis sur un cas en se fondant sur l'incompréhension supposée de sa description ? Et de quelle place ? Un cas n'a d'existence psychanalytique que par la saisie qu'on en a, et par le rôle qu'on peut prétendre avoir dans cette saisie. Sinon, autant croire que notre mère et la femme de notre père étaient une même personne ! Il y a toujours du parti pris dans un récit, *a fortiori* dans un récit de cas. Que serait un récit de cas sans parti pris, sans le parti pris par l'analyste ? On peut revenir sans fin sur le récit d'une analyse, personne ne sera jamais en mesure de décider de sa plus juste coïncidence avec « ce qui se serait effectivement passé », formule qui ne désigne rien de tant soit peu cernable.

L'impossibilité de pouvoir accéder de façon matérielle à ce qui a constitué telle situation d'analyse exclut pour certains la validité de l'expérience analytique. Vouloir rendre publique une séance en la présentant derrière une vitre sans tain, comme cela s'est fait à la Tavistock Clinic, ou par circuit vidéo, comme on a pu le voir à Paris, c'est penser qu'on puisse apprécier le parfum des fleurs d'un film. Le voyeur peut toujours s'exciter à voir, il n'est pas à la place des parents. Que cela l'amuse, l'excite ou l'ennuie, cela ne changera rien à la scène et à ce qui s'y joue. Être voyeur occupe trop pour qu'on puisse se sentir autrement concerné. C'est sans remède. Voir à la télévision les terribles inondations qui se déroulent au moment même en Chine ne mouille pas plus les pieds qu'assister à une séance ne laisse apercevoir ce que c'est d'y être impliqué à une place ou à l'autre.

L'accès à la « matérialité des faits » est d'autant plus chimérique que le psychanalyste ne voit à l'œuvre que ce que sa théorie invente de voir. Mais, tout compte fait, que font d'autre les esprits scientifiques les plus objectifs, physiciens, chimistes, qui semblent s'attacher à la matérialité des faits ? Ne les discernent-ils pas, ces faits, et ne les décrivent-ils pas avec leurs définitions, c'est-à-dire avec des façons de voir qui, évoluant avec le temps, montrent leur consistance purement idéologique ? Ne dites pas que, dans leur cas, l'expérience est là pour les confirmer, car il en est de même pour la psychanalyse. L'évolution du sens critique à l'intérieur même de la science fait coopérer des théories incompatibles entre elles. Aujourd'hui cette même science en est venue à découvrir qu'elle n'a pas d'autres fondements que ceux qu'elle a tout simplement inventés, comme la psychanalyse. Quelle revendication latente pousse donc certains à plaider avec ténacité pour un statut scientifique de la psychanalyse, au moment même où la science se reconnaît une part de subjectivité qui, à devenir universelle, n'en serait pas plus objective ?

*

Excusez-moi, je m'emballe, sans trop savoir pourquoi. Là-dessus, votre point de vue de lecteur pourrait m'intéresser. Mais cela nous éloignerait encore plus de ce souvenir pour lequel je vous ai convoqué et de ce qu'il est venu faire dans ma réflexion. On a dit que les tâches interrompues se mémorisent mieux que celles menées à terme (Zeigarnik). Ne serait-ce pas, dans mon cas, la forte envie de justifier mon ancienne intention zélée, restée en suspens depuis cette lointaine séance, qui aurait ramené, encore frais à mon esprit, cet épisode oublié de mon analyse ? Cela expliquerait ma véhémence et mes rodomontades.

Se montrer querelleur pour être aimé, il fallait y penser ! Du divan qui libérait ma parole, mon discours séditieux se voulait moyen de plaire. La façon dont il avait été reçu m'avait consterné. Je n'en revenais pas de voir sa visée aussi pleinement méconnue. Sans doute, n'en suis-je pas encore revenu aujourd'hui ! L'amère déception de cette iniquité serait-elle demeurée en moi, hors du temps, dans l'espoir que justice m'en serait enfin rendue ? En serais-je secrètement à attendre une espèce de réhabilitation, malgré le dérisoire d'une telle exigence ? J'imagine que celui qui me lit ne manque pas lui non plus, dans son histoire, de ces mini-infortunes, avec lesquelles il a dû composer : promesses non tenues, injustices flagrantes, blessures d'amour-propre… qui peuvent à telle occasion lui revenir encore douloureusement à l'esprit. Certes, nous en avons tous vu bien d'autres depuis, personne n'en doute. Mais, si le pincement est encore là, qu'y faire ? Comment en finir avec une meurtrissure persistante sinon s'employer à la faire reconnaître ? Alors, excusez-moi du peu, pour moi ce pourrait être vous, cher lecteur, que le retour de mon souvenir aurait eu l'espoir de requérir à cette fin, puisqu'on peut faire appel à vous pour toutes sortes de desseins plus ou moins avouables (comme celui de vouloir se faire apprécier, justement). Au moment où je me préparais à rédiger quelques réflexions sur l'amour, et plus particulièrement sur ses modes, voilà que resurgit à mon esprit cette lointaine séance totalement oubliée. Ce texte ne serait-il pas l'occasion attendue de faire reconnaître l'amour dont voulaient témoigner mes tendancieuses contestations ? Si, retenu par la décence la plus élémentaire, j'avais renoncé à donner toute cette place à mon souvenir et que je l'aie chassé de mon esprit, j'aurais quand même écrit un texte sans soupçonner ce qui pouvait l'inspirer. Ni vous ni moi ne l'aurions évidemment deviné. Mais j'aurais peut-être obtenu quand même votre suffrage, pour peu que j'aie imaginé le sentiment de vous avoir persuadé que tout est légitime pour se faire aimer. « À la guerre comme en amour, tous les coups sont permis. »

De quoi cherchent donc à convaincre ceux qui prennent la peine d'écrire ici ou là et qu'est-ce qui les incite à le faire ? À qui profite l'écrit ? À qui profitent les cris ? Les tentatives de redresser d'anciens mécomptes sont la source de bien des démarches compensatoires. Nous ne manquons pas de vœux insatisfaits qui attendent leur heure. Ce sera peut-être un simple lapsus qui, dans un télescopage temporel, réglera le compte resté ouvert, ou un acte dit manqué, en ce qu'il ignore le but de ce que justement il ne manque pas. Combien d'arriérés lointains ne lestent-ils pas les conduites qui donnent sens et coloration à notre vie ? Comment, hors du registre de l'analyse, percevoir la somme des inépuisables entêtements qui sous-tendent notre vie psychique ?

Quand ce que nous faisons, disons, pensons, a la chance de nous convenir, nous revendiquons que ce soit volontaire. Cela nous engage et nous affirme. Parfois même, nous avons tout lieu de nous enorgueillir des retombées de ce que nous sommes poussés à faire. Et comment, qu'on assume ! Si, au contraire, nos façons de faire, de dire ou de penser n'ont pas l'heur de nous convenir, nous nous en désolidarisons vite fait : « C'est plus fort que moi ! » Ça devient un symptôme ! Cette précieuse différence s'offre toujours à qui n'a qu'à décider si c'est du voulu ou du subi. Bien des comportements névrotiques apparaissent dans l'analyse (et ailleurs, évidemment), dont ceux qui en sont le jouet ne se dissocient pas et ne pensent pas un instant à se plaindre. C'est quand nos travers nous dérangent que nous nous en sentons victimes, nullement quand ils nous conviennent.

Que j'aie pu, lors de cette séance lointaine, me montrer agressif pour aimer et être apprécié, rien ne me semblait davantage aller de soi. Aux yeux de certains, ce seront les efforts qui seuls sembleront mériter de l'amour, quand, pour d'autres, il importera surtout de ne rien faire : « Ce ne serait pas de l'amour, si c'était mérité ! La seule preuve qu'on m'aime, c'est qu'on me supporte. » Pour d'autres encore, ce sera seulement d'inquiéter qui leur procurera ce à quoi ils aspirent. Pour ceux-là, nul besoin d'agresser, de se plaindre ou de demander, il leur suffit de souffrir pour croire être aimés. Les pauvres, comment iraient-ils mieux sans s'exposer à ne plus l'être ? Dur, dur ! Quant à ceux qui ont besoin d'être approuvés pour se sentir aimés, le seront-ils jamais assez ? Les « n'est-ce pas » dont ils émaillent répétitivement leurs dires en témoignent.

Ces modalités ne sont pas des délires, elles ont bel et bien été apprises dans l'optique singulière du temps de l'enfance. C'est quand nous souffrions que nous étions le plus l'objet d'attentions. « Donne-moi de la souffrance et je te donnerai de l'amour », nous signifiait notre mère malgré elle quand, inquiète, elle se penchait avec affection sur l'enfant malade que nous avons tous été, un jour ou l'autre. L'ambiguïté du mot « affection » voit-il là une part de son origine ? Et que n'a-t-elle pas instauré, cette mère, quand elle a cru devoir admirer le contenu de notre pot ? En cédant à nos caprices, à nos colères, ne nous enseignait-elle pas comment capter, retenir et obtenir ? Que dire de ceux auxquels on ne s'intéressait que lorsqu'ils étaient « insupportables » ? À quoi ont-ils été dressés et à quoi sont-ils encore réduits, bien malgré eux, pour continuer à obtenir un intérêt qui ne pourra guère leur revenir que sous une forme souvent peu agréable ? Quant à ceux qui n'ont réussi à accrocher l'attention de parents indifférents qu'en provoquant leurs reproches véhéments, ne sont-ils pas voués à se faire houspiller pour avoir le sentiment d'exister, et pire, peuvent-ils s'aimer mieux qu'à travers les critiques qu'ils ne cessent de s'adresser ? Il y a aussi ceux qui ne réussissaient à accaparer l'attention, à défaut d'amour, qu'en suscitant la discorde autour d'eux. Que de carrières de semeurs et de semeuses de zizanie ont dû naître de cette façon ! N'ayons garde d'oublier ceux qui ont tant entendu parler du frère ou de la voisine morts, du coup dépeints sans défauts et « qu'on aimait tant » : leur faut-il mourir pour être appréciés ? Et ceux qui veulent être aimés pour eux-mêmes, doivent-ils éviter de donner le moindre plaisir à leur femme pour avoir le sentiment que c'est par amour, et non pour elle, qu'elle reste avec eux ? C'est sous toutes les formes imaginables que peut être revendiqué, et imaginairement obtenu, ce qui a semblé faire office de réponse à nos premières quêtes d'amour.

Comment déplorer ou seulement évaluer la forme qui donne à chacun ce qu'il attend dans le registre qui lui parle le mieux ? Ainsi, renoncer au plaisir peut sembler y donner droit. L'amour courtois a représenté le plus haut degré de renoncement pour obtenir... va savoir quoi ! Ne pas jouir pour être aimée marque le destin de plus d'une femme. Il y a aussi, paradoxalement, ceux qui sont gratifiés par la désaffection. Demandez aux enfants, dits à juste titre gâtés, si le fait qu'on s'occupe si bien d'eux est si bien pour eux, et allez leur proposer une analyse pour bien vous occuper d'eux ! Peut-être êtes-vous, même comme analyste, de ceux qui croient que plus leurs difficultés sont grandes, plus ils sont méritants, au moins à leurs yeux. Car — ça vaut de le noter en passant —, pour s'apprécier soi, les mêmes procédés s'imposent que pour vouloir l'être des autres. Ce que représentera d'avoir bien rempli sa journée, pour le laborieux, pour le turfiste, pour le contemplatif, pour le collectionneur de boîtes d'allumettes, pour vous, pour moi montre qu'on sous-estime la diversité de ce à quoi chacun est astreint pour ressentir ce qu'il ne se sait même pas revendiquer. Simplement, on peine, on souffre, on se sent agressé... Que ne faut-il pas faire au nom d'un amour qui ignore jusqu'à sa forme ?

Comment espérer mettre au jour ce qui, au fil du temps, a établi notre sens des valeurs ? Celui qui pense autrement, c'est qu'il transfère autrement. Le collègue qui tient à faire reconnaître qu'il se désolidarise de ce qu'on vient d'exposer cède au besoin de faire savoir haut et fort qu'il n'entend pas les choses de la même oreille. La belle affaire ! Ce qu'il propose encourt le même rejet. Ce qu'on tient à exposer de soi pour se faire apprécier répond à de bien archaïques manières. Il nous est facile de voir clairement la dimension caricaturale que les autres peuvent donner à leurs prestations. Loin de nous éclairer quant aux nôtres, cela renforcera en nous, par réaction, ce qui à nos yeux peut seul mériter considération et amour.

Est-il possible de codifier ce que devrait être l'amour donné ou reçu ? Les réponses raisonnables sur lesquelles tous pourraient s'entendre masqueraient les options qui gardent en chacun leur emprise secrète. Dans le présent des discours que l'analyste a seul le privilège d'entendre, la vraisemblance, l'extravagance, l'étrangeté importent peu au regard de ce qui les sous-tend : obtenir d'être reconnu et aimé pour ce qui est dit, ou malgré ce qui l'est. Le vertigineux décentrage qu'effectue l'analyste situe le sens de toute parole dans sa finalité sous-jacente. La demande d'amour est un des ressorts secrets de nos façons d'être et de nous manifester. Toute la technique analytique repose sur cette intuition décisive de Freud, que chaque cure confirme : le discours associatif est au service d'une demande actuelle, c'est-à-dire au service du transfert. Cette demande aura la forme d'une exigence, d'une prière, d'une adjuration, d'une revendication, d'une sommation, d'une extorsion, d'un chantage... C'est cette visée secrète qui éclaire certains comportements énigmatiques en les situant « au-delà du principe de plaisir ». À distance du masochisme ou du sadisme dont ils ont l'apparence, les modes de nous faire aimer répètent indéfiniment l'archaïsme qui les a institués.

Agresser, souffrir, tourmenter, satisfaire, s'efforcer, contrarier, soumettre, s'absenter, dépérir, semer la discorde, se taire, subir, être gentil, renoncer... L'amour s'extorque, tout autant qu'il se mérite, se mendie ou s'attend. Ce qu'en son nom chacun inflige aux autres ou à soi-même, lui semble depuis toujours pleinement légitime. L'amour est un crime parfait !

« Sur le divan, comme en amour,
pour moi ce qui compte,
c'est ce que je ne peux pas dire. »

L'OUVERTURE

Le divan de l'analyste « ouvre[1] » sur une étrange aventure. Hors de toute censure, le langage s'y dénature. La parole se transfigure. Ce qui s'énonce est imposture. *Je* est dans chaque tournure. Tout est conjecture. Même le silence susurre.

Parler sur le divan, c'est énoncer des mots sans saisir ce qui les fait venir. Profane ou averti, le parleur ne peut s'extraire de ce qu'il formule. Ce qu'il exprime révèle autant ce qu'il s'arroge que ce qu'il s'interdit, autant ce qui le délie que ce qui le détient. À parler ainsi, il n'aperçoit ni ce qu'il fuit ni ce qu'il ose. Ni où il va.

Le psychanalyste, à tout prendre, fait montre d'une écoute curieuse. Sa traditionnelle formule d'avoir à exprimer « tout ce qui vient à l'esprit » ne reflète aucun indice de son attente. Cette directive — non directive — est aussi simple à exposer qu'à comprendre. Paradoxalement, son absence de restrictions la rend, séance tenante, tyran-

1. Sur la comparaison freudienne de la cure analytique avec le jeu d'échecs, voir : « Le début du traitement » in *De la technique psychanalytique.*

nique au point de ne pouvoir être suivie. Elle n'en a pas moins un rôle décisif. Tout utopique qu'elle soit, cette entrée en matière établit l'ordonnance de la cure. Formellement énoncée ou tacitement entendue, elle est le temps organisateur de la situation. Sans elle, la dimension inconsciente de la parole ne serait pas saisissable.

Comment ce mot d'ordre, d'apparence assez naïve, peut-il avoir un effet sans commune mesure avec sa banalité ? Comment cette demande irréalisable suffit-elle à établir et à régir la relation entre les deux protagonistes de la cure ? D'où lui vient son pouvoir d'attacher ceux-ci à leur tâche, leur assignant des rôles hors du commun ? Qu'est-ce qui rend cette plate consigne si déterminante ? Comment une aussi simple directive a-t-elle assuré la fondation de la psychanalyse et continue-t-elle de gouverner les principes de sa pratique ?

Banalisée par la consécration de son usage, la règle qui ouvre la cure analytique masque ce que son intuition a représenté de génial. Son instauration a bouleversé l'abord clinique des « maladies nerveuses ». Prescrire d'exprimer tout ce qui lui venait à l'esprit autorisait le malade à rompre la litanie de ses plaintes, à mentir, à divaguer. Mais, du même coup, cela mettait à l'épreuve sa capacité à user de la « liberté » qui lui était dévolue. Le procédé avait pour effet de révéler la censure à l'œuvre dans sa parole et par là le mécanisme de sa névrose. C'était une complète révolution. Jusque-là, l'attention était portée aux souffrances et aux doléances. Les plaintes étaient considérées comme l'objet de la demande et non comme la forme d'une parole brisée. La psychanalyse innovait en se décentrant de ce qui était énoncé vers ce qui ne l'était pas. Saisir ce qui entravait la parole s'avérait plus fructueux que de l'extorquer, fût-ce au moyen de l'hypnose. La vertu de l'association libre était, et reste, de faire apparaître ce qui l'empêche d'être libre. Instaurer cette technique — qu'il a bien fallu inventer et expérimenter — nécessitait l'initiative, vraiment peu conventionnelle, de se détourner des symptômes jusqu'à abandonner toute visée apaisante. Cette attitude, déjà peu évidente à concevoir, il fallait aussi l'imposer. Aujourd'hui qu'elle est bien comprise et reconnue, c'est toujours une gageure pour l'analyste de se distancier de la plainte, parce qu'il a à endurer la pression que tente d'imposer la souffrance sur la finalité de la cure.

C'est d'être irréaliste qui confère à la règle une part importante de son pouvoir. Comme elle ne peut être appliquée *stricto sensu*, elle cache par là même ce qui constitue sa vertu. Dès qu'elle est énoncée, le rapport des locuteurs aux lois usuelles de la parole se trouve totalement remanié. La fonction essentielle du langage, qui est d'interpeller, se trouve dénaturée. Pour les deux protagonistes, parler et entendre ne relèvent plus de la loi commune. Chacun d'eux voit sa parole asservie à une fonction spécifique. Pour le patient, parler n'énonce plus une volonté de dire, mais témoigne simplement des pensées qui lui viennent. L'obligation de devoir tout exprimer fait que sa faculté d'apostropher et d'interpeller se trouve abolie. Par le singulier pouvoir de cette consigne, sa parole n'est plus que la seule transmission d'une suite de pensées. Tout ce que le patient peut déclarer est voué à n'être qu'une simple modalité de réponse à la règle. Celle-ci l'a désolidarisé de ses dires. Toute intention disparaît de son discours, qui est spolié de toute visée délibérée. Dépouillée de tout dessein volontaire, sa parole se voit, en compensation, offrir un champ illimité. Dans l'infinité de toutes les pensées possibles, le flux de celles qui viennent fera apparaître le parleur en train de slalomer avec plus ou moins de bonheur entre ses propres interdits. « Quand je vous parle, je me sens en confiance, pas en sécurité. »

Aussi surprenant que cela puisse paraître, la règle n'offre aucune parade. Au « Dites tout ce qui vous vient à l'esprit », rétorquer « Non ! », voire se taire, reste une façon extrême d'y réagir. De quelque manière qu'il puisse vouloir l'abroger, le patient ne peut que subir son emprise et témoigner malgré lui de ce qui le fait parler ou se taire. En compensation, la règle le décharge de toute implication dans la survenue de ses pensées, excluant de leur expression toute intention. Même quand le patient veut assumer ce qu'il dit, aucune visée ne peut lui être imputée. Ses paroles, endossées ou non, sont réduites à de simples associations liées à la relation vécue par lui dans la cure. La règle fondamentale concourt ainsi directement à la constitution de la névrose de transfert, en laissant apparaître les figures qui induisent le déroulement des paroles. Le patient n'ayant à obéir à aucun interdit d'expression révélera ceux qu'il s'impose pour éviter l'angoisse. « Sur le divan, pour moi, parler tient plus de l'escarmouche que de la confidence. »

À mesurer l'extraordinaire portée de ses effets, la sobriété de la règle a de quoi surprendre. N'est-il pas déconcertant que, dans l'invite faite à son patient d'énoncer toutes les pensées qui lui viennent, l'analyste ne fasse aucune allusion à une exigence de vérité, pas plus qu'aux thèmes à aborder ? Ainsi, pour celui qui est engagé dans une analyse, la validité de sa parole réside dans la seule coïncidence de son dire avec ce qui vient à se penser en lui. La véracité n'engage que l'exactitude de cette concordance : « Ne vous attendez pas à ce que je fasse de ma franchise un numéro de sincérité ! » Plus curieux encore est le fait que le patient n'a pas même besoin d'obéir pleinement à la règle pour que ses effets apparaissent, puisque y manquer concrétise ce qui, à tel moment, le dissuade de le faire. « Sur le divan, comme en amour, pour moi ce qui compte, c'est ce que je ne peux pas dire. »

Pourquoi l'exigence de la règle est-elle irréalisable ? Qu'est-ce qui rend diaboliquement impraticable l'obligation de communiquer tout ce qui vient à l'esprit ? Quoi de plus simple, apparemment, que de suivre le cours de ses pensées et de le révéler, puisque la règle a pour effet d'absoudre par avance ce qui vient se faire énoncer ? La peur de s'exprimer révèle une solidarité secrète du parleur avec ce qui surgit en lui, comme s'il savait que ce n'est pas pour rien que les idées lui viennent comme elles lui viennent. Souvent, c'est une apparence anodine plus qu'un contenu gênant qui rend une pensée pénible à avouer. Il faut du temps et de la discipline pour s'astreindre à ne pas taire des propos insignifiants, avec sans doute la crainte que leur surgissement en dise infiniment plus que leur message apparemment inoffensif. Pourquoi les méandres de la pensée seraient-ils si difficilement exprimables, si on ne les pressentait au service de quelque finalité inavouable ? La simple hésitation que peut faire naître l'inopiné ou le futile révèle une pression coupable que la clémence implicite de la règle laisse tout juste passer. « Je ne dis cela que parce que je dois tout dire » est une justification courante, plus défensive que fondée, puisque la règle, non seulement offre la liberté, mais l'impose.

Lié par le machiavélisme de son injonction préliminaire, l'analyste n'échappe pas, lui non plus, à sa tutelle. Depuis sa formulation, il ne lui est évidemment pas licite de traiter ce qu'il entend comme une parole banale. Entendre ce qu'on lui dit au pied de la lettre ne signifie pas le prendre pour tel. Le ferait-il qu'il risquerait de se voir remis à sa place d'analyste. Freud rapporte qu'un de ses patients, riche industriel, lui fit part, en séance, de son désir de devenir analyste, jusqu'à préciser qu'il pourrait vendre ses usines et entamer des études de médecine. Trouvant sans doute l'intention inopportune, Freud engagea son patient à surseoir à ce projet. Il s'entendit alors rétorquer que communiquer ce qui vient à l'esprit n'est pas faire part de projets, encore moins de décisions. La fonction de l'analyste le voue à n'être qu'interprète, même quand il peut se croire interpellé, voire apostrophé de la manière la plus vive.

Entamer une analyse c'est, autant pour l'analyste que pour le patient, voir aussitôt toute parole inféodée au service de la cure. Rien de ce qui va se dire, d'un côté comme de l'autre, ne pourra échapper à ce dont la règle a suscité l'avènement. Cela ne veut pas dire qu'il soit impossible de sortir de ce cadre de parole. C'est d'autant moins impossible que c'est un risque permanent, tant la fonction que la règle impose aux mots est exorbitante des échanges habituels. Le « passage à l'acte », que peut représenter un agir entre les séances, est une tentative du patient pour retrouver la part d'intention que la règle a retirée à sa parole et qu'il veut faire reconnaître à l'analyste. Celui-ci pourra réintégrer assez facilement cet acte comme dire, parce que c'est par des paroles qu'il en est informé. Au contraire, l'« agir » en séance se présente comme le substitut d'un dire. Il est pour cela plus malaisé à replacer dans le cadre de la cure, puisqu'il se garde de verbaliser ce qu'il *traduit.* Si l'analyste ne parvient pas à prendre cet agir comme un élément de discours découlant de la règle fondamentale, il concourt malgré lui à rendre le patient solidaire de son acte, parfois même, de son dire sur son acte. Évincé alors de sa fonction d'interprète, donc de son pouvoir spécifique, l'analyste aura à gérer par des moyens ordinaires une situation conflictuelle qu'il aura, malgré lui, banalisée si ce n'est envenimée.

L'usager de la parole, qu'est tout un chacun, surestime le plus souvent la maîtrise qu'il croit avoir sur ce qu'il dit. Attaché à ce que formule son discours, le parleur croit faire état de ce qu'il veut exprimer. Une plus juste appréciation de ce qui se joue lui viendra dès qu'il sera confronté au déplaisir d'avoir été mal compris. Comment serait-il tolérable que le sens et la portée de ce qu'on dit se trouvent à la merci de ce qu'en fait l'interlocuteur ? Il n'est guère plus acceptable de sentir que, lorsqu'on parle, on en dit toujours plus que ce qu'on croit dire. Il faut être sur un divan pour pouvoir admettre que ce qu'on exprime puisse outrepasser ce qu'on se figure dire. L'art de l'analyste consiste justement à faire apparaître, au-delà du contenu du discours qui lui est adressé, ce qu'implique le surgissement de ce discours. Or ce même analyste, bien qu'il soit parfaitement rompu à l'écoute de ce double registre, est porté, comme tout parleur, à considérer naïvement ses interventions comme porteuses du seul sens qu'il veut et croit expressément se limiter à leur donner. Même s'il accepte que ses propres mots en disent plus, il ne saurait avoir prise sur ce que révèle leur survenue. Le patient, qui est à l'affût de tous les signes en provenance du fauteuil, va supputer les raisons du surgissement de l'interprétation qui lui est adressée. Comment, sur le fond de silence qui lui est généralement opposé, ne serait-il pas attentif à ce qui fait réagir l'analyste ? Celui-ci ne l'ignore pas, il sait, par exemple, que s'il se montre intéressé par les rêves, il risque de lui en être fourni jusqu'à plus soif. Saura-t-il pour autant mesurer que l'attention qu'il manifeste pour telle souffrance ou telle angoisse sera perçue comme un signe d'intérêt et comme une sollicitation à continuer de lui en fournir ? Il est malaisé de percevoir qu'on recueille souvent ce qu'on a innocemment contribué à faire surgir. Cette candeur inopinée qui menace tout analyste tient à la certitude irrépressible et chimérique que quand il parle, lui, il ne fait que communiquer le sens explicite de son intervention. Par sa position, il est plus facile au patient de discerner que parler est destiné à obtenir une réaction de l'interlocuteur par des moyens qui parfois s'apparentent au chantage ou à la mendicité. Le patient est d'autant plus sensible à la délivrance de l'interprétation, qu'il la guette justement pour le sens qu'il attribuera à sa survenue. Toute intervention manifeste une intention de l'analyste à son égard, dont le sens imaginaire fera pâlir le contenu exprimé. Rien ne peut empêcher le patient de ressentir la parole de l'analyste comme le contrecoup d'avoir su l'intéresser, l'émouvoir, si ce n'est le déranger. Il pourra traduire une intervention de l'analyste portant sur le transfert comme signifiant « J'aime bien que vous me parliez de moi ! » ou celle qui met en scène tel parent comme se voulant une désapprobation : « Ça me dérange que vous disiez du mal de votre mère ! » L'interprétation ne peut éviter d'être entendue dans la projection transférentielle du patient, avec un sens qui ne pourra que confirmer la « réalité » de ce qu'il imagine de l'analyste. Ainsi, on peut dire que toute interprétation touche toujours le transfert, puisque ce dernier induit la façon dont elle est accueillie. Aussi claire que puisse être sa parole, l'analyste ne peut avoir la maîtrise de ce qui en sera entendu, d'où dépendront son sens et son effet. Aucun analyste ne méditera jamais trop là-dessus.

Le divan de l'analyste ouvre sur l'étrange aventure de deux parleurs qui cherchent sans se voir à s'entendre. Leur position, leur démarche et leurs exigences y diffèrent par ce que la règle introduit de disparité dans leur rapport à la parole. La démesure de ce qui peut advenir entre eux, qu'on pourrait qualifier d'artificielle, révèle, en fait, la dynamique inconsciente qui régit les rapports humains et échappe à tout autre mode de saisie.

Hors du champ de la règle analytique, ce n'est pas de l'inconscient qui se donne à entendre, c'est du réel !

J'ai honte de vous dire que je vous aime.

« LA HONTE M'HABITE ! »

La honte fait partie des valeurs qui sont enseignées assez tôt. Non sans peine, d'ailleurs. Combien de : « Tu devrais avoir honte » ne nous sont-ils pas servis pour notre bien, afin de nous déprendre de notre innocence première. Les parents, qui inculquent de force ce sentiment, ne se doutent pourtant pas du « bien » que recèle l'humiliation qu'ils infligent. Vous, moi, que la honte peut envahir à l'occasion, ne savons pas mieux discerner le profit que nous dispense ce qui semble plutôt venir nous accabler. C'est que la honte a une vertu cachée, que met en évidence le divan.

L'obligation, en séance, de dire tout ce qui vient à l'esprit a pour but de faire ressortir ce qui organise le surgissement des idées et ce qui régit leur expression. Avec une économie de moyens étonnante, cette règle permet de discerner les instances qui président à l'élaboration de la parole, à travers les méandres qu'elles lui imposent. On sait que les entraves à s'exprimer ne manquent pas. De l'inconvenance à l'absurdité, des prétextes divers détournent le patient de se conformer à l'initiale consigne. Silence, hésitation, diversions, faux-fuyants de toutes sortes révèlent les résistances à communiquer ce que l'esprit a pourtant laissé venir. Ces réticences ont le mérite d'indiquer ce à quoi obéit le refoulement. Parmi tout ce qui tend à réduire la liberté d'expression, la honte semble occuper une bonne place. En réalité, la honte trompe son monde, car cet écueil apparent a davantage un effet de libération que d'entrave, pour ce qui est d'exprimer ce qu'elle colore.

Devoir communiquer ce qui surgit à l'esprit met à l'épreuve la légitimité de pensées, qu'il peut sembler naturel d'avoir en secret. D'avoir à tout dire fait apparaître une instance répressive, surgie on ne sait d'où. Celui qui parle en analyse sait qu'il n'est pas là pour exposer des opinions ou se livrer à des aveux. Il a tout simplement à faire part de ce qui lui traverse l'esprit, avec quoi il n'a nulle obligation d'être en accord, ni sur le fond ni sur la forme. Cependant, à telle pensée qui surgit en lui, il croit, pour la communiquer, devoir apporter des modulations ou des sourdines. Dès lors qu'il doit l'exprimer, il se sent comme solidaire de ce qui lui passe par la tête et peut vouloir s'en démarquer pour donner de lui une image qui convienne (!). Malgré la liberté qui lui est octroyée, il s'efforce de conformer ses pensées à un certain nombre de contraintes sans trop savoir lesquelles, ni pourquoi. Sans seulement entrevoir à qui de tels efforts sont destinés, il s'emploie à les fournir et souvent même à montrer qu'il les fournit. Malgré la licence de s'exprimer qui lui est, non seulement offerte, mais imposée, il émaille son discours d'infimes réticences ou d'amples omissions. Le patient, à déguiser certaines pensées, voire à les garder pour lui, manifeste qu'il les réprouve, puisqu'il ne peut les « avouer » telles qu'elles ont surgi. Cette intention signifie qu'il les refuse, refus qui n'a de sens qu'à démentir l'envie de les avoir. Pouvoir tout dire est une liberté dont il est difficile d'user sans réticences.

Du côté de l'analyste, la règle bouleverse le sens et la portée de la moindre parole. Prescrire d'exprimer tout ce qui vient à l'esprit exclut de pouvoir évaluer le bien-fondé de ce qui est dit. Ce que le patient formule convient forcément, sans dire à quoi. Il n'y a rien à attendre d'autre de lui que ce qu'il dit. La portée analytique de son discours réside moins dans ce qu'il proclame que dans ce qui le fait surgir comme il surgit. Les réticences ne sont pas destinées à cacher ce qu'elles occultent, elles sont elles-mêmes ce qui surgit. Si le patient en vient à taire ce qu'il pense, il dissimule moins ce qu'il n'exprime pas, qu'il ne fait état de ce qui le muselle. Ce dont fait part le discours analytique est moins son propos, sa cohérence ou sa véracité, que l'objet de sa survenue et l'usage qui lui est dévolu : expression ou dissimulation. Croire qu'il est possible de donner une portée analytique à telle ou telle formulation en soi, de même que traduire un rêve en dehors du contexte de son récit, n'a pas plus de sens que de préciser une distance sans la rapporter à une origine. Qu'il s'agisse d'un souvenir lointain, d'une protestation actuelle ou de quelque boutade, ce qui intéresse l'analyste est ce que de l'énoncer ou de l'éluder a pour fonction d'exprimer à ce moment-là de la séance, voire de la cure. Comme pour le rêve, dont il serait saugrenu de peser la vraisemblance ou la bienséance du récit, ce que l'analyse saisit dans les éléments d'un discours est le déterminisme de sa détermination.

Toute parole, à être prononcée, est par cela même porteuse d'attentes tacites qui, à être perçues, lui donnent un objectif inattendu. Si la fonction de la parole est d'être le véhicule des mots qu'elle énonce, en séance elle est pour l'analyste avant tout messagère de desseins implicites. Quoi qu'il puisse être dit ou caché, c'est ce qui en est virtuellement espéré ou craint qui importe. Ainsi, user du vocabulaire des parents ou soigneusement l'éviter incarne une démarche qui n'a pas à se verbaliser autrement pour exprimer soumission, distance ou révolte. Pour l'analyste, discerner le poids de la situation sur ce qui apparaît à l'esprit du patient et au sien propre (quand il le peut) c'est, en définitive, être à l'écoute de la double attente imaginaire qui préside à la situation.

L'hypothèse décisive de Freud, qui explique sa règle, est que ce qui vient à l'esprit en séance est au service du présent. Lorsque le patient traduit sa pensée en paroles, il est moins soucieux de faire reconnaître cette pensée que de se faire reconnaître, lui, à travers elle, d'où parfois son envie de la taire, en le faisant plus ou moins clairement savoir pour se faire reconnaître à travers cette retenue. Depuis l'enfance, chacun a appris qu'il y a des choses qu'on ne doit pas dire, voire ne pas penser. Percevoir dans le discours du patient l'obéissance à ces interdictions apprises permet de discerner l'objet transférentiel à qui sa parole se dédie. Ce qui le guide dans cette tâche difficile est la présomption de ce qui est escompté de telle expression ou de son escamotage.

Pour en revenir à la honte en séance, sa mention importe moins comme l'évocation d'un sentiment ressenti que comme la communication d'une signification particulière donnée à la parole. Tout langage est affaire de conventions et d'usages. Chacun, depuis sa plus lointaine enfance, est soumis aux contraintes verbales qui lui permettent de communiquer. Ces contraintes, parfois péniblement apprises, voient leurs parts culturelle et névrotique entremêlées. Quand un homme exprime ses vues les plus personnelles, ce qui constitue la substance même de son intimité devient, pour pouvoir être communiqué, une affaire collective. Les opinions singulières d'un Zoulou sont zouloues avant que de lui être personnelles. Quand le patient tente d'écarter jusqu'à les taire certaines pensées, il ne désobéit à la règle que pour respecter les zones d'interdits culturels et personnels dont il est porteur. Ces sacro-saintes limites, il va pourtant lui être possible de les franchir grâce à quelques subterfuges. Parmi les plus évidents se trouvent le lapsus et le mot d'esprit. À sa façon, la honte fait partie de ces sauf-conduits du langage.

Freud a montré à l'excellence que ce qui est refoulé revient souvent à la conscience par l'étape de la dénégation. Lorsque ce qui est refoulé approche de la conscience, c'est pour rencontrer ce qui l'interdit. Ce qui se donne ainsi à penser pourra se faire accepter sous la forme de son rejet. L'objet de la dénégation est pensable parce qu'il prend la forme de sa récusation. La honte s'offre comme une variante nuancée de ce procédé. La honte mentionnée d'avoir à communiquer une pensée permet, autrement que par la dénégation qui la renie, de l'énoncer grâce à la condamnation qu'implique l'aveu de cette honte. La honte est un mode d'expression qui autorise des dires insoutenables sans elle. Un exemple banal de cet usage est : « J'ai honte de vous dire que je vous aime. » À l'opposé de la provocation qui sous-tend l'expression de certaines pensées, la honte exprime une soumission au jugement prêté à l'autre. Elle a donc moins la valeur d'un état d'âme que celle d'une modalité qui permet, à la fois, de se soumettre à un interdit et de le transgresser. La honte donne à si bon compte une liberté d'expression qu'elle peut vouloir se faire pardonner : « J'ai honte d'avoir honte. »

La dénégation, à laquelle la psychanalyse donne tout son relief, reste un moyen d'expression assez répandu, tant est ingénieuse son ambiguïté. Il semble impossible de pouvoir s'en passer, notamment quand on se sent tenu de proférer des récusations pour affirmer son identité. Ces dénégations accomplissent leur office de proclamer explicitement l'absence de certains penchants en nous. Mais quel besoin de les démentir s'ils n'existent pas ? Pour l'analyste, la dénégation est un mode particulièrement discret d'affirmation. Il ne faut pas confondre la négation et la dénégation, qui reste une déclaration quelque peu solennelle, non sollicitée et, par cela, significative.

Je me souviens d'un homme qui, à plusieurs reprises, avait provoqué ma surprise en déclarant à des moments inopinés qui ne prirent leur portée que plus tard : « Je ne pense jamais à la mort de ma mère. » Ne pas penser à la mort de sa mère est assez banal en soi, en faire la déclaration expresse l'est moins, et moins encore si ladite mère n'est pas morte. Présente sous la forme de la déclaration de son manque, cette non-pensée était bel et bien une pensée. Sous la forme de son démenti, elle évitait de se présenter comme un discret vœu de mort. Que, plus tard, ce patient en vienne à remplacer la mention de « Je ne pense jamais à la mort de ma mère » par l'aveu « J'ai honte de penser à la mort de ma mère » a représenté une étape vers la reconnaissance du sens que cette pensée impliquait. Un plus pesant interdit, et la mort de ladite mère n'aurait tout simplement pas pu être évoquée, même comme non-pensée. « Dis-moi à quoi tu ne penses pas, je te dirai qui tu es ! », telle pourrait être la gageure de l'analyste.

La culpabilité est bien différente de la honte dans ses effets. Dire : « Je me sens coupable de penser à la mort de ma mère » énonce un vœu à peine déguisé, tandis que « J'ai honte de penser à la mort de ma mère » n'accepte pas le souhait sous-jacent, le déclare non désiré, et le condamne. La honte a donc l'usage précis de désolidariser, là où la culpabilité, au contraire, engage. « J'ai honte de ma honte » est une déclaration qui, en redoublant le procédé, porte l'accent sur ce qui préside à la honte. Cette déclaration désigne la honte comme quelque peu déshonorante pour le recours à cet artifice d'expression. Cette autocritique actualise la dépendance actuelle vis-à-vis de l'interlocuteur, lequel est supposé estimer méprisable l'existence de la honte, puisque ce serait une flagornerie d'avoir honte.

Lors de sa première séance, un funambule de la honte, après un silence suffisamment long pour exprimer sa gêne, s'était présenté ainsi : « Si je devais résumer mon cas, je dirais : LA HONTE M'HABITE. » À l'oreille la moins avertie, cela exprime beaucoup en fort peu de mots.

En analyse, la honte n'est assurément pas toujours sexuelle, puisqu'elle n'est qu'une coloration donnée à l'expression. Mais il se trouve que le registre sexuel est l'objet de tant d'interdits que la honte peut souvent apporter une aide appréciable à son évocation. La chose est si banale qu'elle ne trompe guère et la honte à propos de sexe en dit parfois encore trop pour pouvoir s'exprimer sans détour. Une patiente, à la personnalité dominée par l'angoisse, présentait quelques traits phobiques, tenaces sous une apparence discrète. Entre autres, elle avait la particularité de ne pouvoir avoir ses cigarettes allumées qu'avec des allumettes, ce qui, lorsqu'on lui offrait du feu avec un briquet, ne passait pas inaperçu, comme tout symptôme névrotique qui se respecte. Ce préjudice apparemment bien léger resta incompréhensible jusqu'au jour où un mot, évoqué de temps à autre comme ne pouvant absolument pas être prononcé, put être énoncé sous la haute protection de la « honte à l'avouer ». Ce mot, d'une grande banalité, éclaira l'histoire des allumettes en laissant obscure, un temps encore, l'origine de son pouvoir. Ce mot était le banal mot d'« imbriqué ». Son assonance concédait une explication à la gêne devant l'offre d'« un briquet », proposition qui mettait cette femme « dans un drôle d'état », en résonance avec le mot honteux. Le souvenir de la scène présumée avoir été à l'origine de cette phobie revint plus tard, sous la forme d'une étonnante parole attribuée au père : « Qu'est-ce qu'ils ont ces deux-là à se tenir imbriqués comme ça, ils ne sont pas en train de faire des enfants quand même ! » L'excitation liée au sens donné à la formule paternelle était réactivée, par homophonie, chaque fois qu'en toute innocence on offrait à cette personne un briquet qui allumait autant son désir que la cigarette « dont elle ne pouvait se passer ». En séance, la honte à évoquer le mot « imbriqué » était évidemment liée à une excitation actuelle perçue comme interdite.

« La honte m'habite » est une formule plus claire, qui parle d'elle-même. Dans sa condensation elle dit beaucoup de ce que l'analyste est toujours plus ou moins préparé à entendre : « la honte, ma bite » ou « ma honte, la bite ». Le sexe, qu'il soit masculin ou féminin, on en rapporte à l'analyste plus souvent les pannes que les prouesses, tant il est plus facile de le mentionner pour s'en plaindre que pour s'en ré-jouir. D'être le sujet de sa parole impose d'y être également le sujet de son sexe.

On voit que la honte, à l'opposé d'une contrainte, a de remarquables fonctions permissives, pour ne pas dire transgressives. Son existence n'est pas destinée à rester secrète, ce dont témoignent les timides, qui cachent peut-être beaucoup d'eux-mêmes mais, à coup sûr, pas la honte qui parle pour eux. La gêne, qui semble un frein à leur comportement, est au contraire leur emblème permanent.

La honte est, en définitive, un moyen privilégié pour s'accepter et s'exprimer. La psychanalyse la montre essentiellement au service de la relation transférentielle, clé secrète de toute parole. Ce que les parents nous ont, en définitive, enseigné est qu'un transgresseur est pardonné s'il manifeste de la contrition. Cette contrition peut s'accoler avec cela même qui l'encourt, grâce à la honte. « J'espère que tu as honte de ce que tu viens de dire », implique que la honte peut rendre la pire parole recevable.

La honte nous est donc vraiment inculquée « pour notre bien ».

Parfois, l'amour c'est la panique.

DÉSIRER À EN MOURIR

Une jeune femme demande à entreprendre une analyse pour des crises d'angoisse « incompréhensibles ». Libre d'exposer à son gré la raison de sa démarche, elle brosse à grands traits les principaux moments de sa vie pour en venir à la survenue récente de longues insomnies anxieuses. Puis elle se tait. Sans doute déconcertée par le silence qui accueille sa pause, elle ajoute, comme pour donner une touche finale à son récit, que depuis toujours elle a, par choix, renoncé à l'acte sexuel. Elle énonce cela comme on préciserait qu'on est daltonien ou né en Seine-et-Marne, c'est-à-dire comme un élément factuel sur lequel il n'y a pas lieu de s'étendre.

La conclusion que donne cette femme à son exposé exclut de sa demande un trait essentiel de sa vie. Ce genre de mise à l'écart est généralement plus discret. C'est un constat courant que les raisons qui incitent à entreprendre une cure n'en constituent pas le véritable enjeu. Ce qui est en cause dépasse toujours la plainte, forme convenue d'un recours qui ne peut se formuler autrement. La démarche se fonde sur des tourments censés parler d'eux-mêmes, faute de pouvoir se justifier par une attente impossible à cerner. L'authentique finalité de la cure n'a pas la propriété de pouvoir se requérir, pas même celle d'être souhaitée. Elle peut constituer ce qui n'est ni convoité ni voulu, jusqu'à être cela même qui est récusé.

Les angoisses étant un support suffisant pour entreprendre l'analyse, celle-ci put s'entamer sans plus informé sur cette abstinence délibérée. Le discours de cette femme avait la particularité d'être aussi fluide et clair à certains moments que confus et indistinct à d'autres. Il s'en dégagea peu à peu que, du plus lointain de son enfance, s'était maintenue en son esprit une inclination pour la vie religieuse, qui lui semblait seule receler la voie du bonheur terrestre. Il lui était impossible de situer quand cette orientation avait pris naissance, ni pourquoi. À l'adolescence, au moment de s'engager plus avant dans la ligne de cette vocation, celle-ci s'était restreinte au simple idéal d'une vie pure, dans laquelle l'abstinence sexuelle était valorisée. Finalement, les années passant, cet idéal fut remis en question, mais ce que cette femme appréciait dans sa vie amoureuse était plus platonique que sensuel. Elle précisa qu'elle n'avait jamais été attirée par l'acte sexuel. La seule fois où les circonstances l'y avaient affrontée, elle avait ressenti une sorte de panique qui l'avait fait refuser. De toute façon, ce n'était pas par envie qu'elle avait tenté la chose, mais sous la pression d'un partenaire, qui par cela l'avait déçue profondément (!). Sa répulsion avait eu pour effet de clairement lui confirmer ses goûts et préférences dans le registre amoureux. Sa vie affective était présentée comme tout à fait satisfaisante. Elle n'envisageait pas, donc revendiquait encore moins, que ça change. « Entendons-nous bien, ce n'est pas cela dont j'ai lieu de me plaindre, mais de la survenue de crises d'angoisse incompréhensibles. »

Lorsque des difficultés incitent à se tourner vers l'analyse, ces difficultés sont évidemment vouées à se manifester dans leur exposé même. L'énoncé du problème fait partie du problème. Le domaine de la sexualité ayant été mis par cette femme hors de sa démarche, il fut longtemps absent également de son discours. Le renoncement à l'acte sexuel s'étendait jusqu'au fait d'en parler. Si ce registre se trouvait mentionné, ce n'était pas directement, mais comme accessoirement, et jamais comme une préoccupation. La patiente avait précisé qu'elle ne refusait pas d'en parler davantage, mais qu'elle n'en voyait pas l'avantage. L'abstinence volontaire avait comme conséquence d'escamoter le problème du surgissement de la panique devant l'acte sexuel. L'attitude de refus se voulait une conduite réaliste dans le registre de la morale et de l'esthétique. Comme cette femme avait une vie très active, elle trouvait dans son quotidien de quoi aisément emplir ses séances. À l'occasion, elle ne se privait pas d'aborder les difficultés caractérielles qui ternissaient ses relations avec ses partenaires amoureux, qui semblaient pouvoir être indifféremment (si l'on peut dire) des deux sexes.

De temps à autre, ce qui surgissait en séance semblait rencontrer d'insaisissables obstacles qui étaient franchis avec résistance, pour laisser apparaître des pensées, sexuelles certes, mais apparemment d'une grande platitude. Ainsi, ce fut avec une grande gêne que cette femme se résolut à « avouer » que dans son esprit les rapports sexuels exposaient à avoir un enfant. Il fallut encore du temps avant que lui vienne à l'esprit le simple soupçon que c'était cette pensée « obsédante » qui avait pu déclencher sa crise de panique la seule fois où elle avait failli céder et avoir un rapport sexuel. Le risque de grossesse a été souvent décrit à l'origine de telles phobies ou à celle de frigidités tenaces. Dans ce cas, la tentative hasardée de pénétration avait dû s'interrompre pour la fulgurance d'un sentiment de mort imparable. La détermination de l'abstinence avait éloigné le retour de cette menace, mais l'évitement de l'acte ne se laissait pas évoquer sans faire surgir le même souci d'esquive que celui qu'il impliquait.

Présentée ainsi, cette femme semble avoir clairement formulé une symptomatologie, en réalité longtemps maintenue dans l'ombre. Il va de soi que ce qui permet de colmater l'angoisse est mis longtemps hors d'atteinte, par crainte sans doute que cette protection ne s'abolisse. Si l'angoisse resurgit, elle est plutôt rapportée à d'autres causes que celle dont on a réussi à s'éloigner. Ce qui ici semble explicite tient à la perspective choisie pour son exposé.

Des semaines pouvaient passer sans que le registre du sexuel soit abordé. Les crises d'angoisse, raison invoquée de la cure, s'étaient atténuées, sans disparaître, grâce au Ciel. Sans elles, la cure se serait très probablement terminée, je veux dire interrompue. Il faut reconnaître que, pour ce qui était des détails de sa vie sexuelle, cette femme ne faisait pas preuve de plus d'élisions que bien d'autres. En analyse, la patience est une alliée. Avec le temps, la dimension phobique de la vie sexuelle de cette femme trouva son étonnante raison d'être dans un épisode de son enfance, dont le souvenir ne revint pas sans détour. Petite fille, elle avait assisté à une scène qui l'avait vivement impressionnée. Une voisine avait fait irruption chez ses parents dans un grand affolement, demandant à sa mère la permission de téléphoner. La sœur de cette voisine attendait un enfant, et il fallait vite appeler une ambulance, car ladite sœur commençait à perdre « LES OS » (!). Effarée par ce cours des choses, qui lui fut confirmé être une étape obligée de la mise au monde d'un enfant, dans une ambiguïté verbale insoupçonnée, la petite fille prit sans doute à cette occasion la décision de ne jamais s'exposer à ainsi perdre LES OS. Le dramatique est là bien près du comique. Ce qui nous apparaît comme un jeu de mots avait été vécu comme un jeu de mort qui n'avait pas interdit par la suite la survenue de désirs amoureux. L'oubli de la scène avait laissé une menace indiscernable sur la vie sexuelle, qui fut écartée grâce à l'option d'une vie chaste à laquelle fut attribuée, on le conçoit, un pouvoir sur la paix de l'âme. La remise en question de cette chasteté s'était limitée à la pratique d'une vie sexuelle incomplète, dans laquelle les échanges affectifs et les caresses étaient vécus comme pleinement satisfaisants.

On se doute qu'une simple équivoque verbale n'avait pas eu le pouvoir d'établir et de maintenir la crainte phobique. Celle-ci, en réalité, se révéla prise dans l'ensemble de la situation œdipienne. Mais, comme toute opinion tend à voir partout la confirmation de sa raison d'être, le premier faux sens ne manqua pas d'occasions de se voir renforcé. Ainsi fut mal reçu le mot enjoué et voulu optimiste d'un bon médecin de famille concluant un examen par : « Solide comme vous êtes, vous êtes vraiment faite pour avoir des enfants », qui déclencha une angoisse alors inexplicable.

Dès 1905, Freud avait montré dans *Le mot d'esprit et sa relation à l'inconscient* combien la langue concède d'ambiguïtés aux résonances comiques fomentées par leur génie transgressif. L'étude de ces ambiguïtés lui apparut illustrer les modalités inapparentes du jeu des mots à l'origine de certaines symptomatologies névrotiques. La drôlerie qui résulte des mots d'esprit, cette drôlerie qui nous pousse invinciblement à rire, a pour effet de nous masquer l'angoisse que ces accidents langagiers ont tout pour susciter. Quoi qu'il en soit, chez cette patiente, le souvenir de sa méprise enfantine revenu, il fallut retrouver et situer tout l'univers imaginaire qui s'était attaché au désir d'avoir un enfant. Avoir des enfants est le mode sous lequel la sexualité est pensable et verbalisable par l'enfant. Le désir d'enfant n'est pas condamné par les parents, quand bien même il ne semble pas approuvé. En lui-même, il ne se présente pas comme transgressif, surtout dans le plus jeune âge. Il pourra rester plus tard la forme autorisée et par là obligée de la vie sexuelle, parce que n'impliquant aucune infraction avec quelque autorité d'ici-bas ou d'ailleurs. L'avènement des contraceptifs a révélé que le désir de faire un enfant pouvait être la condition nécessaire pour avoir des relations sexuelles : l'usage de ce qui supprime l'éventualité d'une grossesse implique un désir fondé sur la recherche d'un plaisir non habilité. Cette recherche non légitimée peut provoquer une angoisse que viendra alléger l'impuissance ou la frigidité.

La crainte de perdre les os, apparente clé de la phobie d'avoir des enfants, s'avéra couvrir la peur d'une rétorsion maternelle devant le désir d'avoir un enfant du père. La vie religieuse avait servi de rempart protecteur. Sans doute l'idée avait-elle surgi parce qu'une tante était religieuse et qu'il avait été dit que les bonnes sœurs ne peuvent pas avoir d'enfants. La décision : « Plus tard, je serai bonne sœur », tout en ayant un effet apaisant, n'avait rien pour restreindre la vie libidinale de la fillette qui avait ce projet. À cet âge, cela apparaissait plus comme un choix professionnel que comme un renoncement et, curieusement, en faire part lui donnait le sentiment de se mettre dans une « situation intéressante », ce qui fut associé à celle dont elle était protégée. « Plus tard » la vocation céda sous la pression d'une affectivité qui s'accommoda d'une chasteté relative. Lorsque les circonstances rendirent cette femme amoureuse et l'incitèrent à des échanges charnels, elle perçut ses restrictions comme répondant purement et simplement à ses goûts, c'est-à-dire à ce qu'elle aimait ou n'aimait pas dans la vie amoureuse. Finalement cette femme trouva son compte dans des plaisirs qui ne lui donnaient en rien l'impression de contourner un interdit. Elle faisait ce qui lui donnait du plaisir et ne faisait pas ce qu'elle n'avait pas envie de faire. Simple, non ? En passant, on remarquera que ce genre d'évitement n'empêche nullement ceux qui en sont porteurs de rencontrer des partenaires qui, pour des raisons à eux, se satisfont parfaitement de telles restrictions. Le registre sexuel offre suffisamment de variations pour que les variantes les plus variées trouvent toujours à se partager. Si des angoisses, apparues sans lien avec le registre sexuel, n'avaient pas surgi, on peut douter que cette femme, apparemment heureuse de son sort et de sa vie affective, soit jamais venue consulter pour des restrictions qu'elle ne percevait tout simplement pas. Ce qui était en cause chez elle dépassait sa plainte. Sa raison de se tourner vers l'analyse n'en était pas l'enjeu. On comprend pourquoi certains symptômes, même pénibles, peuvent se maintenir tant qu'ils sont le prétexte d'une demande qui les dépasse infiniment. Il apparut tard que les crises d'angoisse nocturnes de cette femme avaient commencé lors de la première maternité de sa propre sœur. Ce lien, évident après coup, ne fut perçu qu'en rapport avec l'envie retrouvée d'avoir un enfant, que l'expérience de la sœur avait réactivée secrètement.

Faire apparaître un désir qui ne se manifeste pas est plus ardu que de libérer un désir de ses impasses. Le rapport au plaisir s'élabore entre ces extrêmes. Transmuer une excitation en désir licite, ou convertir un désir illicite en excitation, est souvent ce autour de quoi vient s'incarner l'angoisse de la vie sexuelle. Que la circulation des affects puisse être prise, comme tout ce qui est humain, dans le dédale des mots se tempère du fait que cette dépendance n'est pas directement celle de leur sens. Ce qui lie à ce qui excite échappe avec constance, par peur de perdre l'excitation. Il en résulte une difficulté à avoir prise sur ce qui est en jeu, faute d'en avoir connaissance. C'est là où l'angoisse vient au secours de celui qui, sous son empire, est amené à s'en soucier. Il est plus aisé de se plaindre que de réclamer ce dont on ne veut pas. Il y a équivalence dans la visée, pas dans la tournure. En réalité, le droit au plaisir ne peut pas plus se donner que s'interdire. On ne voit guère sous quelle forme ceux qui l'attendent pourraient le recevoir ou le perdre. La quête d'un droit évite d'assumer les conséquences de ses propres désirs. La recherche du plaisir expose à la solitude. Le temps de la masturbation enfantine est, parmi d'autres, une épreuve de désolidarisation de l'entourage, dont le mode de la dépasser laissera des traces conséquentes. On renonce ou on transgresse. Comment sera compensé le renoncement ou comment sera agencée la transgression formera la base du rapport au plaisir et balisera les chemins qui seront suivis plus tard.

Revenant à cette femme, c'est d'avoir élucidé la dimension œdipienne du renoncement au plaisir qui fit apparaître comme rationalisation le pouvoir de la méprise de sens. Le sinistre jeu de mots avait eu la fonction de modifier la donne dans la compétition avec la mère qu'il avait contribué à apaiser. S'il y avait dans cette cure une déliaison à effectuer, ce n'était pas entre l'envie d'avoir un enfant et la peur de perdre les os, mais entre l'envie d'avoir un enfant et la rivalité avec la mère. La menace qui résultait de cette rivalité était plus insaisissable que la phobie dont elle prit l'apparence. La venue à la conscience de tous ces déplacements put se faire lorsque le renoncement se trouva transféré sur la personne de l'analyste à qui, d'ailleurs, comme raison de recourir à ses soins, il n'avait pas été demandé de pouvoir avoir des enfants, mais seulement de faire disparaître des angoisses.

Si l'on peut facilement imaginer la terreur que peut distiller la crainte de perdre les os, peut-on pour autant concevoir qu'elle puisse disparaître par une simple correction orthographique ? Il aura fallu, pour que ce faux sens perde de son pouvoir, attendre que ce désir ancien de faire un enfant se soit difficilement avoué dans la situation même, et que ce qui s'opposait à ce qu'il le soit puisse être explicité. Il fallut aussi que ce désir d'enfant soit reconnu comme désir de plaisir pour qu'apparaisse que le symptôme phobique était une solution œdipienne des plus efficaces à la névrose infantile. Pour cette petite fille renoncer à avoir des enfants n'impliquait, alors, aucune restriction. C'est la persistance de cette défense enfantine à l'âge adulte qui la transforma en symptôme. Il restait, pour que celui-ci disparaisse, que soit reconnue sa fonction de protéger d'une rupture avec la mère. Cela apparut dans la cure sous la forme de l'angoisse de perdre, non les os, mais le soutien de l'analyste à simplement lui exprimer la pensée d'avoir un enfant de lui.

Qu'il s'agisse de faire apparaître un désir qui manifeste son absence ou de le libérer de ce qui le menace, l'analyste a affaire à des situations qu'il s'agit de délivrer de leurs impasses. Sa plus grande difficulté provient de ce que ces situations, loin de lui être clairement exposées, sont vouées à lui être dissimulées par ceux-là mêmes qui en pâtissent. Sa patience peut être mise à l'épreuve d'autant plus qu'il s'approche du nœud complexuel. À tout moment, il rencontre des rideaux de fumée. Son allié, aussi inattendu que cela paraisse, reste l'angoisse qui trahit l'excitation et en permet la communication. Il est plus facile de parler de son angoisse à sa mère que de lui énoncer un désir d'enfant avec le père. L'orientation religieuse, qui masquait son origine phobique, s'était montrée une solution pour sortir de ce piège. Cet après-coup réussi de l'affrontement œdipien avait constitué le déclin d'une névrose infantile banale. Cette vocation cessa par la suite d'être une solution réussie. Elle fut l'objet de compromis apparemment satisfaisants, sans qu'ils aient prise sur le désir premier d'avoir un enfant. Ce n'était pas l'absence de véritables rapports sexuels qui avait fait revenir les angoisses, c'était tout simplement de ne pas pouvoir avoir d'enfant, ce que la maternité de la sœur avait réactualisé. Retrouver, reconnaître et assumer l'équivalence de ce désir permit de le satisfaire avec un substitut du père et de… l'analyste.

Que de temps écoulé avant que cette femme en vienne à savoir qu'elle fuyait ce que, dans l'angoisse, elle attendait. Il n'a manqué au piquant anecdotique du quiproquo sur le risque de « PERDRE LES OS » que le souvenir d'avoir entendu vanter la vie religieuse pour les irremplaçables bienfaits du « ÇA SERT D'OS ».

Du mot d'esprit au mot sapiens.

MAUDIT MOT

Que le mot d'esprit, s'affranchissant des contraintes habituelles du discours, de la raison et du sens, puisse par cette émancipation même taper dans le mille du discours, de la raison et du sens, voilà qui dérange la belle ordonnance qui paraît gouverner le fonctionnement de l'intellect! Voilà qui dénonce de façon inattendue et déroutante ce qui semble présider à l'agencement de la parole! À l'inverse de l'involontaire lapsus, il s'agit avec le mot d'esprit d'une activité intellectuelle supérieure, reconnue et appréciée comme telle. Comment ne pas être troublé devant cette efficacité mentale qui se surpasse à être induite par ce qui lui échappe? L'existence d'un processus inconscient dans un talent des plus estimés dépasse les bornes de ce à quoi il est possible de consentir sans avoir à tout remettre en question de la stature humaine. Que les névrosés puissent avoir leur psychisme conduit par leur névrose, quoi de plus acceptable! Que le mot d'esprit, qui conquiert ses titres de noblesse par l'émerveillement qu'il suscite, ne soit qu'agressivité ou grivoiserie, voilà qui peut encore s'admettre! Mais que son mécanisme révèle l'emprise qui gouverne la parole, comment y consentir sans résister?

Cette emprise, à la fois superastucieuse et inconsciente, obscurcit l'image d'une raison apparemment souveraine, à laquelle trop peu est fourni pour qu'elle accepte de consentir à sa disgrâce.

Depuis qu'il a été repéré et décrit dans sa dynamique, l'inconscient continue d'être aussi peu acceptable qu'au premier jour de son invention. Qu'on ne puisse l'approcher que rétroactivement lui confère un empire difficile à reconnaître. Il est sans existence pour qui parle ou qui pense. C'est son pouvoir sur l'intention qui blesse. Pour ce qui est de nos symptômes ou de tout ce qu'on ne veut pas assumer de soi, l'inconscient, ça rendrait plutôt service.

Le rire qui résulte d'un mot d'esprit témoigne du plaisir pris à son éclat. La capacité à ménager les rapports du dicible et du non-dicible par une formulation souvent fulgurante plaît par sa réussite élaborative. En plus, le dédain de l'interdit social renforce la jubilation par sa transgression impunissable. Mais ce rire qui accueille l'involontaire lapsus et l'impulsif mot d'esprit écrase aussi le sentiment d'angoisse que devrait distiller le constat, en la circonstance évident, que l'usage du langage échappe à son usager, même si c'est à son discret profit. L'expérience de cette non-maîtrise de l'outil langagier semble curieusement ne pas faire douter du sentiment de sa maîtrise. Nous vivons dans l'illusion constante que notre pensée est à même d'évaluer sa propre justesse, alors qu'elle peut tout au plus entrevoir ses incohérences les plus flagrantes. Comment notre esprit pourrait-il apercevoir ce qui le conduit à apercevoir ce qu'il aperçoit ? N'y a-t-il pas là un inaccès fondamental à ce qui institue secrètement pour chacun son rapport au monde, tant ce qui constitue ce monde s'élabore dans l'ignorance du jeu libidinal qui l'ordonne.

Nous naviguons entre deux perspectives intolérables opposées et contradictoires. La première est que c'est en nous-même que s'édifie l'univers que nous croyons subir. Personne n'ignore aujourd'hui que la planète Terre, dont la forme était plate, s'est docilement métamorphosée pour la commodité d'une pensée qui reste cependant au coup par coup captive des réalités qu'elle crée. Chacun sait aussi qu'avant que ne se soit répandu que Dieu était mort, tout homme était sa créature. Ceux qui croient encore en Lui récusent ceux qui n'y croient plus, qui le leur rendent bien. On peut ainsi à tout propos vérifier que ce qui est juste ici est erreur un peu plus loin, et que la vérité de l'un constitue le délire de l'autre. Mais qui, pour autant, accepterait que le monde auquel il a lui-même affaire chaque jour de sa vie ne soit qu'une production mentale ? Que toute réalité ne soit jamais qu'un fait de culture, tout en n'étant pas niable, reste une certitude que ne saurait entendre celui qui pâtit de cette réalité.

La seconde perspective intolérable est l'exact contrepoint de l'idée accablante que nous pourrions être pour quelque chose dans ce que nous endurons. Il est tout aussi inadmissible que nous ne soyons pas pour quelque chose dans la conduite de notre pensée, cette même pensée qui justement donne sens à ce qui nous arrive. Cette double atteinte à un sentiment de liberté intérieure suscite en nous une répugnance et une dénégation de tout instant. Être maître de ce qu'on dit apparaît comme la moindre des exigences pour pouvoir parler. Il n'y a guère qu'en situation d'analyse qu'il soit envisageable de mettre cette maîtrise en question. Et là, faut-il encore que le démenti soit flagrant pour nous faire douter de la sincérité de notre sincérité ! Si l'expérience éminemment personnelle de la cure psychanalytique peut faire saisir, à qui s'y trouve engagé, la discrète duplicité de son discours, c'est sans pouvoir abolir en lui la conviction, toujours renaissante, de sa faculté d'emprise sur ses dires. La force à l'œuvre dans ce refoulement (du refoulement lui-même) est encore moins repérable que ses effets.

Notre société est édifiée sur cette disposition méconnue, qui fait attribuer une prééminence absolue au contenu de ce qui est énoncé, au plein détriment de l'énonciation elle-même. Le difficile accès à la dimension de l'énonciation peut, à titre exemplaire, se mesurer dans la lecture du présent écrit qui pourtant veut la mettre en évidence. C'est en portant, en effet, son attention sur le contenu même de ces lignes, et non sur ce qui peut sous-tendre leur formulation, que le lecteur peut accéder au sens qui veut lui être communiqué, ce au moment où ce sens tente de détourner un moment l'attention, qu'il retient néanmoins, vers l'existence de sa raison d'être. Cette raison d'être de toute parole demeure dans sa complexité aussi inaccessible à celui qui parle qu'à celui qui entend. C'est à une quasi-impossibilité de saisie que se heurte, hors la situation de l'analyse, la dimension proprement relationnelle d'une parole, à ne pas confondre avec sa dimension intentionnelle, dont le contenu est le révélateur. La nature de tout échange verbalisé a pour conséquence inévitable que les mots exercent par leur sens une emprise qui éclipse le processus en œuvre dans leur surgissement. La particularité de l'écoute psychanalytique est de centrer le sens de toute formulation sur ses raisons d'être formulée comme elle est formulée, au moment même où elle est formulée.

Les psychanalystes, à l'instar de tout un chacun, ne

peuvent éviter de se comporter eux-mêmes comme s'ils maîtrisaient ce qu'ils disent au présent de leur parole. C'est que la révélation freudienne ne donne pas pour autant le pouvoir de se soustraire à ce qu'elle dénonce. Cela veut dire que, pour l'esprit humain qui les promeut, il est des vérités qui ne peuvent que rester mythiques, leur réalité restant déniée dans cela même qui constitue leur approche. Que rien ne soit susceptible d'échapper aux lois de la physique s'accepte de bonne grâce. Que rien ne puisse échapper, dans toute utilisation du langage, à l'écart incomblable entre ce qui est dit et ce qui le fait dire, ne peut être consenti, ni seulement concédé. Cette conviction logique n'est pas inacceptable, elle n'est pas refusable, elle est tout simplement impensable. Pour ce qui est de soi, bien sûr. Ceux-là mêmes à qui cette conviction assure le pain quotidien vivent avec elle comme s'ils vivaient sans. Cela veut dire que les psychanalystes ont de leur propre psychisme une perception qui est le démenti de ce qu'ils savent de lui. Pas croyable !

L'étude de la dimension surprenante de l'inconscient ne fait simplement que porter l'attention sur la banale et inévitable existence, derrière tout contenu de pensée, d'une cause à son surgissement, cause totalement occultée par le contenu de ladite pensée. C'est là le dispositif qui consent la faculté d'user des mots, faculté dont l'homme est si fier, dans l'ignorance où elle le maintient qu'elle est le lieu de son asservissement absolu. Ce qui est en jeu, là, ne peut que nous échapper. Quel que soit le contenu de notre pensée, elle ne peut accéder, en temps réel, comme on dit aujourd'hui, à ce qui le fait surgir. L'univers des effets verbaux révèle sa dynamique, au-delà de ce qui est énoncé, dans ce à quoi nous sert d'y consentir (ou de nous y opposer).

Prises à chaque instant dans ce qu'elles affirment ou contestent, nos pensées poursuivent, en toute méconnaissance de cause, l'interminable travail de produire et d'expliciter ce qui constitue les gages de notre identité. Cette identité, qui semble prendre sens et se proclamer par des contenus verbaux, se fonde davantage sur nos dispositions par rapport à ces contenus. Dans leur infinie diversité, les hommes, par ce qu'ils disent ou pensent, sont sans répit attelés à affirmer leurs appartenances. Chacun passe sa vie à établir et soutenir sa place dans un groupe, quelque peu insaisissable dans la complexité de nos sociétés modernes, mais très saisissable dans celles qui ont des dimensions plus restreintes, comme les cercles familiaux, professionnels, politiques, etc. Nos ambitions et nos capacités usent, pour affirmer un rang ou une prérogative, du registre de la parole et des idées, où la moindre formulation procède, qu'elle le veuille ou non, de multiples liens. Depuis la langue qui est la nôtre jusqu'aux particularités les plus humbles, nos discours révèlent nos affinités et nos alliances au sein du corpus social. Du simple fait de la possibilité ou non de leur surgissement en nous, les mots, et *a fortiori* les idées, contribuent à nous situer par leur adoption ou leur rejet, à l'instar d'un vassal qui déclarerait s'il demeure ou non sous l'égide du seigneur du lieu où sa naissance et ses avatars l'ont placé. Qu'au demeurant ces liens nous restent éminemment inconscients ne diminue en rien leur pouvoir de tutelle, faisant parfois apparaître incongrues certaines dispositions d'esprit qui, la veille (ou ailleurs), pouvaient sembler parfaitement adéquates. Ainsi, le gentleman qui revêt son smoking pour dîner seul dans la profondeur de la brousse n'est caricatural que pour qui ne serait pas prisonnier de ses habitudes langagières dans sa saisie du fait exotique. Ce qui se trouve en jeu, à cette occasion, est pratiquement insaisissable puisque ce serait la saisie qui serait à saisir.

Adopter telle conviction, se distancier de telle autre, servir tel parti, combattre tel autre, élire tel maître, désavouer tel autre, se soumettre ou se révolter, importe psychologiquement autant, sinon plus, par ce que cela implique, que par l'objet qui en est l'enjeu. Comment feraient donc ceux qui n'ont pas nos choix, s'ils n'en avaient d'autres, au même service de leur stature humaine ? Malgré son importance, nous n'avons guère conscience de ce jeu de société, qui nous situe à tout moment. De nos goûts et de nos options, nous reste obscur ce qui a présidé à leur établissement.

La psychanalyse inspire un portrait de l'*homo sapiens* irrémédiablement dépendant de la capacité langagière qui opère en lui. Cette domination secrète par et sur son monde verbal s'affirme avec constance. Elle serait angoissante, si elle ne nous rassurait pas, au contraire, par la persistance qu'elle imprime à nos modes de parler et d'être, jusque dans leurs ratés, ratés que représentent à l'excellence les troubles névrotiques, sans doute pour cela si difficilement négociables. Nos souffrances illustrent nos façons de gérer ce qui nous entoure. Elles proclament à travers leur difficile abandon un assujettissement dont nous n'avons pas conscience, lorsque nous croyons librement choisir ce avec quoi nous ne pouvons nous mettre en désaccord.

Quels que soient nos liens, nous les pensons fondés sur le contenu de ce à quoi ils nous lient. Nous négligeons que c'est ce qu'ils constituent comme liens qui préside à leur instauration. Les défenseurs acharnés d'idéologies de tous bords peuvent trouver le même compte dans leurs camps respectifs par de semblables modes de servir. Toute cause peut être l'occasion d'engagement, de fidélité, d'abandon ou d'indifférence. Si l'on dit d'un homme qu'il est un traître, peu importe somme toute à quoi. Il n'est pas si rare que tel ou tel fanatique ait assez de lucidité pour pouvoir se reconnaître en ceux auxquels il est voué à s'opposer. Nous sommes faits de la nature des liens qu'affirment les mots que nous employons, à travers les mille et une formes de nos paroles et de nos pensées. Nous pouvons ainsi continuer de nous montrer fidèles, soumis, rebelles, boudeurs... comme aux plus beaux jours de notre enfance, incarnant sans y penser le moins du monde la dimension transférentielle de notre présence.

Ce qui constitue notre identité nous enchaîne en permanence à des modes de parler et d'être, que nous percevons bien... chez les autres. Ces modes, nous pouvons à l'occasion les justifier à l'infini, sans avoir pour autant la moindre prise sur leur avènement. Ce qui trouve son origine dans des expériences enfantines déterminantes ne peut être perçu qu'au niveau de nos symptômes, puisque c'est leur persistance non désirée qui révèle l'intransigeance de cet asservissement. Ressenti davantage dans le pénible, parce que déploré, cet asservissement ne reste pas moins le garant d'une identité à laquelle nous adhérons parce que nous y sommes tenus sous peine d'angoisse. Cette emprise peut s'affirmer au-delà du principe de plaisir, à notre détriment, au moins en apparence.

L'homme néglige complètement, dans la pensée de ce qu'il croit être, qu'il n'est que ce que son langage lui dit qu'il est. Il se sent distinct de l'effet des mots sur lui. Il ne perçoit qu'exceptionnellement cette domination tant il croit fonctionner objectivement quand sa pensée le fait penser comme il pense. Comment l'homme échapperait-il au principe qui subordonne le contenu d'une pensée à sa fonction ? Le langage qui lui appartient, en vérité le détient. L'objet de la psychanalyse n'est, somme toute, que de venir en aide aux *usagés* du langage que nous ne pouvons manquer d'être tous.

Le mot d'esprit n'a pas pour but d'être drôle. La drôlerie, en l'espèce, est une façon pour le psychisme de se défendre de l'angoisse d'apercevoir son propre mécanisme. Le rire détourne de voir le non-sens, si près du sens, prendre un autre sens. Le mot d'esprit révèle l'emprise de l'inconscient sur la formulation. Ce n'est pas que le simple mot y échappe, simplement il le laisse moins voir. L'offense à notre souveraineté sur le langage a été le douloureux prix à payer dans la saisie des mots qui sont en jeu dans nos symptômes et qui règnent jusque sur nos amours.

Nous n'aimons pas penser
à ce qui nous fait penser.

FAX À FAX

Les êtres vivants inorganiques n'échappent pas à la mort même s'ils vivent bien plus longtemps que nous.

C. C.

Chère M.L.,

Votre dernier fax me met à rude épreuve. Je comprends que la New-Yorkaise que vous êtes, soucieuse de savoir ce qu'on pense de Rorty en France, ait voulu par civilité s'enquérir aussi de mon sentiment sur cet auteur. La question ne me met pas en question. Elle m'oblige, cependant, à vous révéler que, depuis quelque temps, je ne cherche plus à jauger le monde du savoir qui m'entoure. Chaque jour, la mode me prodigue, comme à vous, sa ration d'écrits et d'enseignements. Des doctrines plus ou moins nouvelles se côtoient, s'enchevêtrent ou s'affrontent. Toutes veulent convaincre et séduire. Toutes m'invitent à prendre leur parti, comme si j'étais à même de me faire une opinion sur elles ! Les inepties qu'il m'arrive d'entendre à propos de l'étroit domaine dans lequel je me situe me retiennent d'y aller des miennes sur ce qui ne m'est pas familier.

S'il m'est difficile d'accepter ce que je ne peux comprendre, il ne m'est pas plus facile de comprendre ce que je ne peux accepter. Le ramassis disparate qui a fini par s'implanter dans mon esprit m'impose des façons de voir qui m'engagent dans des combats, si ce n'est des croisades, dont je ne peux éviter d'être la recrue obstinée. Quand j'observe, dans une réunion, la véhémence que peut susciter le sujet le plus quelconque, je suis tenté d'en rire tant que ne surgit pas en moi la plus vive intolérance envers ce que je crois entendre. Le pire, alors, est que je ressens le besoin frénétique d'intervenir dans une bataille dont je ne suis que le témoin. Me voilà soudain personnellement agressé par l'expression d'une opinion dont je ne me soucierais pas qu'elle s'impose dans la pièce à côté. Je n'ai jamais compris pourquoi, jadis, la valetaille se battait jusqu'à se faire occire horriblement, mais ce devait être du même ordre que ce qui me pousse à défendre des idées qui ne me concernent que des plus indirectement. Petit homme, me voilà, plein de suffisance, en train de me mettre au service de la Vérité. Mon cœur s'échauffe. Il est de la plus haute importance que l'honorable auditoire entende, sur-le-champ, ce dont j'ai mission de l'informer. Pour son salut, évidemment. Je ne vous parle pas là des grands débats d'idées, dont on peut croire qu'ils changeront le monde. Non, cela concerne tous les palabres dont l'importance ne tient qu'à ma seule présence, et pas moins en privé que sur le forum. Pour ceux dont je suis, le Café du Commerce est un petit Capitole. Je bénis le Ciel de ne pas m'avoir donné la capacité d'argumenter, seulement celle de jeter un cri dont le dérisoire m'apparaît aussitôt.

Ne croyez pas que je tente d'incarner une position raisonnable, ce serait méconnaître ce dont j'essaie de me défendre. Mon attitude implique trop de démission pour que je puisse la valoriser. Elle n'est qu'un effort chimérique pour restreindre l'ardeur partisane qui, à tout propos, me conduit à joindre mes aboiements à ceux des autres. Même seul, devant la Très Sainte Télé qui me relie au monde en m'en retranchant, je peux prendre feu pour une cause ignorée l'instant d'avant, avec une énergie qui me fera horreur le calme revenu, parce que ça en restera là. Ce qu'on pense de Rorty en France, ou ce que j'en pense moi-même, ou ce que je peux penser de ce qu'on pense de lui, n'est jamais pour moi qu'un remue-méninges intérieur sans prise sur quoi que ce soit. Dans le même temps où mes doigts pianotent cela, je sais que cette apparente distance ne m'éloigne de rien, et que je ne peux pas plus échapper au sens de ce qui m'entoure que d'avoir prise sur mes propres gènes. Je sais aussi que le parti de se refuser à tout parti est le plus fallacieux parti qui soit. J'ai, comme tout homme, à porter une empreinte paternelle. Impossible d'échapper à ce pouvoir intraitable, dès lors qu'on pense. S'attacher à s'en distancier montre une dépendance aussi enracinée que de s'y soumettre. De toute façon, sauf à se réfugier dans la folie, on ne peut penser qu'avec les outils qui nous ont été légués, inculqués, imposés par nos prédécesseurs immédiats. Nos vérités procèdent de liens qui n'ont rien d'universel, leur rigueur est bien relative. Défendre les idées qu'on a tétées voue à se dresser contre ceux qui se sont nourris ailleurs, lesquels nous le rendent bien. Je ne vois guère le moyen d'échapper à cela, pas plus que je ne discerne le sens que cela aurait. C'est peut-être que ma réticence n'ait aucun sens qui me plaît. L'aliénation protège de l'asservissement. Il y a une vanité don-quichottesque dans mon refus. Le plaisir qu'il me donne vaut bien celui de ceux qui s'enorgueillissent des pensées dont ils sont prisonniers. Ma démission est une affirmation comme une autre, même si c'est une révolte de papier mâché. La vassalité qu'elle dénonce n'est pas celle qui nous soumet au langage. Elle en a l'apparence, parce qu'il en est la matière. Quelque mot qui me vienne, serait-ce pour nier, je profère une affirmation que je ne pourrais justifier qu'en m'appuyant sur une autre, qui n'aura pas plus de pouvoir libératoire. Il n'y a pas que le cercle à être vicieux.

Le pire n'est pas là. Quand j'affirme, non seulement j'affirme, mais j'atteste. Et si je crois savoir ce que j'affirme, j'ignore ce que j'atteste. N'importe quel parleur a partie liée avec ce qu'il avance, qu'il soit philosophe ou marchand d'amulettes. Ce qui est évident pour qui a quelque chose à vendre l'est moins pour qui énonce simplement ses opinions. Ce qui est louche, c'est que nos façons de voir, on ne les vend pas, on les donne. Nos sentences requièrent toutefois qu'on les partage. Sur le divan analytique, quoi que dise celui qui est simplement en position de devoir énoncer ce qui lui vient à l'esprit, le moins de ce qu'il en attend est que ce soit accepté. C'est d'ailleurs ce qui est fait, même si le biais de l'interprétation en recentre la portée. La psychanalyse s'est édifiée sur le simple constat de Freud que ce qui vient à l'esprit sert les raisons actuelles de son surgissement. Pour l'analyste, l'essentiel d'une parole est dans sa dédicace et dans l'allégeance qu'elle implique. Discerner avec quoi parler a partie liée n'est pas simple pour autant. Cela fait intervenir, derrière un contenu qui accapare l'attention, le dessein de sa formulation. La parole a une finalité actuelle, plus ou moins évidente, que celui qui la prononce peut néanmoins reconnaître. L'astreinte à laquelle cette parole est soumise est, elle, plus difficile à concéder. La complexe relation aux parents y est présente jusque dans la matérialité des mots. On est lié à ce qu'on dit par ce qu'on représente. Toute parole se voit narcissisée, et qui écoute un récit ou une conférence peut partager le plaisir que prend celui qui parle. Ce sera moins certain si ce plaisir procède d'un candide accaparement. Si ce que je vous dis, Aristote, Einstein ou Freud se trouvent l'avoir « aussi » dit, je peux me délecter de savoir à qui vous risquez de vous confronter. De ce qu'on affirme, un père n'est jamais loin. Mais le plaisir pris à travers lui est moins partageable, parce qu'on s'y réfère à son seul profit. À chacun son maître, les lâches seront bien gardés.

Tout compte fait, défendre avec ardeur ses idées, c'est ressembler à l'esclave qui est fier du pouvoir qui l'enchaîne. Qu'à cela il n'y ait guère d'alternative n'oblige pas pour autant à s'en réjouir et à en rajouter. L'affrontement de multitudes, au sort étranger à celui de la bataille, tenait peut-être au plaisir de se battre. Et voilà que je fais pareil dans un combat dont l'oriflamme que je sers est faite de la représentation leurrante d'apparentes vérités, dont j'aperçois rarement ce qui me lie à elles. Si l'Aristote, là mentionné, ne nous avait pas légué son histoire d'A et de non-A, je serais peut-être moins chicaneur. C'est pour évincer en moi des pensées discordantes que je les combats au-dehors. Aussi je devrais me demander ce qui en ce moment me pousse, pour que me viennent énergie et plaisir à échafauder le présent boniment. Les idées qui nous mènent usent de bien des subterfuges pour qu'on les soutienne avec une ardeur qui masque notre dépendance. Captif d'elles, nous ne pouvons les abandonner qu'au prix de l'angoisse, voire d'un sentiment de folie, alors que les servir peut donner un plaisir toujours renouvelé, même à être usurpé. La manne inépuisable de points de vue à défendre nous offre à tout moment l'illusion à la fois de paraître celui que nous croyons être et d'évincer celui pour qui nous ne voulons pas être pris. Dans le domaine de la pensée, il n'y a rien de mieux que la satisfaction hallucinatoire du désir. Il n'y en a pas d'autre !

Les assertions que je suis en train de promouvoir, au moment même où je crois les dénoncer, visent le plaisir de vous faire accepter mon indigeste philippique. Mais peut-être qu'au contraire, vous vous inquiéterez de ce qui peut bien animer ces lignes, en plus de mon besoin de blatérer jusqu'à ce que mort s'ensuive. Avant d'y venir, remarquez que je ne suis pas loin de répondre à votre question concernant Rorty, car un esprit de révolte cynique semble l'animer, à travers un discours aussi mal tenable que celui-ci, et que je me réjouis de découvrir chez d'autres, pour me tenir chaud. À le tenir de façon plus radicale, ce genre de propos a dû en faire interner plus d'un. Vous dire alors ce que je pense de Rorty ne présente aucun intérêt, car il va s'inscrire parmi tous les fabricants de pipeaux qui, par leur séduction, aliéneront les générations futures, si elles en jouent. Comment ne pas succomber à l'idée qu'un savoir insufflé au plus grand nombre est une vérité ? Une croyance ne disparaît qu'au prix de celle qui la ruine. Puisque vous me parlez aussi de Derrida qui, paraît-il, fait des ravages chez vous, ce qu'il y a à « déconstruire » dans toute information, qu'elle vienne de Dieu ou de Coca-Cola, ce n'est rien de ce qui la constitue, mais ce qui nous pousse à la gober. Il y aura toujours un monde infranchissable entre la certitude et la réalité. Reste que beaucoup d'auteurs semblent croire à un dépoussiérage possible des certitudes, qui ferait apparaître le noyau d'or pur qu'elles contiendraient. L'or pur, s'il existe, ne réside que dans l'intention : ce n'est pas parce que mon idée est vraie que j'y crois, mais parce que je suis poussé à y croire qu'elle est vraie ! Ne nous différencie du délirant que la capacité de changer de discours. Ce qui est plus facile à dire qu'à faire.

Pour en arriver, maintenant, à ce qui suscite la présente diatribe, voici le secret de sa stupéfiante rédaction. Sachez que je la rédige à la vitesse de l'éclair sur mon Macintosh retrouvé. Je voulais mettre à l'épreuve cet engin rétif, et voir s'il peut, depuis qu'il a un nouveau disque dur, supporter les pires élucubrations de mon esprit, sans que cela fasse sauter ses plombs remis à neuf. Cela s'est concocté sous la forme d'un fax à vous adressé, parce que j'étais sous le coup de votre question. Je vais vous l'envoyer en remerciement des vôtres que j'ai toujours le plus grand plaisir à recevoir.

Bien à vous,

J.-C. L.

Cher J.-C. L.,

Je rentre du marché, les bras chargés de fleurs. Votre fax arrive dans le calme de mon petit déjeuner. Son flot vengeur vient se glisser entre ma tasse de thé et mes toasts. Il est à peine huit heures ici, mais cette fois il semble y avoir plus qu'un décalage horaire entre nous. Je ne me sens pas prise par votre combat. Je vois mal de quoi vous voulez me convaincre et guère mieux après quoi vous en avez. Vous n'allez quand même pas me faire le coup du non-savoir, vous vous compromettez trop avec la rhétorique. Votre profession de non-foi ressemble à un tour de physique amusante, qui montre sous un jour inattendu une banale loi naturelle. Qu'on ne puisse rien affirmer ? Soit ! Mais vous ne manquez pas de l'affirmer sans rire ! Répandre que le vrai savoir serait de ne rien savoir est du Lao-tseu tout craché. Rappelez-vous : « La doctrine qui s'énonce n'est pas la vraie doctrine. » Il y a bien deux mille cinq cents ans que le doute a été promu comme idéal ! Votre non-conviction en la conviction respecte trop logique, grammaire et orthographe pour entamer mes convictions. Je ne pense pas que vous dénonciez l'évanescente vanité de toute pensée : l'évolution des idées et la diversité des cultures le proclament déjà à l'évidence. Votre « diatribe » serait-elle un écho de l'éternel doute masculin sur la paternité que rien ne peut certifier ? Ou bien n'est-ce qu'une variante de votre perplexité à décider si la tolérance doit tolérer l'intolérance ? Malgré le plaisir que je peux prendre à vous lire, je ne distingue pas ce matin à quoi vous m'exhortez. Est-ce à ne plus croire en ce qu'affirment, entre autres, Rorty ou… vous-même ? Expliquez-moi, expliquez-vous.

Répondez-moi.

M.L.

Chère M.L.

Je vois que vous avez pris mon fax au sérieux et au pied de la lettre. Vous avez bien fait, car il s'est rédigé comme il est venu sous mes doigts : un long cri du cœur, imprévu et révélateur. Et voilà que vous me demandez de faire cela même que je dénonce et de m'en expliquer avec les termes dont je veux rejeter l'emprise. Vous me dites ne pas voir quel combat je mène ni où je veux en venir. Croyez bien que je déplore ce manque de discernement. J'escomptais plus ou moins que vous m'éclaireriez, en l'occurrence, sur ce qui tend à me faire dépenser parfois beaucoup d'énergie sans trop savoir à quoi elle s'acharne. Depuis un an, la correspondance que nous entretenons, quand ça nous chante, n'a peut-être pas de meilleure fin que de se prêter à la recherche de sa raison d'être. Ces fax, qui s'étirent sous l'Atlantique et qui font apparaître leur copie fidèle au cœur d'un continent lointain, dans le même temps qu'ils se déroulent, sont plus vifs que n'importe quel courrier, mais pas moins aveugles que n'importe quelle parole. Sait-on jamais à qui on parle, même devant le visage le plus familier ? Que nous ne nous soyons jamais rencontrés laisse apercevoir à quoi peut servir l'interlocuteur à qui ne nous relie que notre besoin de parader. Vous me priez de m'expliquer, alors que je comptais sur votre sagacité pour donner un sens à ma jérémiade sur les polémiques, auxquelles nous devrions assister comme aux jeux du cirque sans être, Dieu merci, soi-même dans l'arène. Et voilà que vous me demandez pourquoi je descends dans l'arène, et même pourquoi je la crée. Si le KGB ou la CIA, sans compter les autres oreilles indiscrètes, à l'affût de tout ce qui se transmet par les voies sous-marines ou satellitiques, s'ingénient à décrypter nos fax, sans doute y chercheront-ils une finalité plus prosaïque que celle que nous serions à même de leur imputer. À quoi servent tant de discussions auxquelles nos professions nous font assister, sinon à faire circuler le sang des débatteurs ! C'est un sport qui en vaut bien un autre, avec ses coups fourrés et ses astuces de vieux Canaque.

Dans la circonstance présente, le malentendu est né de vous avoir communiqué ce qui m'était venu sous les doigts pour tester mon ordinateur juste réparé. Sans vouloir vous offenser, vous n'étiez là qu'un prétexte, comme le sont les lecteurs à venir pour tout auteur. Ainsi, l'interlocutrice inconnue que, bien avant le début de notre correspondance, je vous ai fait être parmi d'autres, était une abstraction assez floue, entièrement à mon usage. Qu'il y ait un peu plus d'un an vous soyez tombée par hasard sur mon *Qui je… ?*, à la bien modeste diffusion, dans une bibliothèque d'Austin (Texas), où rien ne le prédisposait à atterrir, relevait de ce qu'il ne m'était pas possible d'imaginer. Je me demande encore qui a bien pu se débarrasser aussi élégamment de mon livre[1].

Tout aurait dû en rester là. Dans les limbes. Une lecture provoque rarement plus qu'un marmonnage intérieur, qui ramène le lecteur à son propre entendement des choses. Or vous, réaliste en diable, avez entrepris de m'écrire, puis de me répondre et de me déranger, me persécutant en mon nom par votre fonctionnement étranger au mien, même quand il me semble au plus proche du mien. De façon inattendue, en me renvoyant mes affirmations, vous ne vous défendez pas d'elles, parce qu'elles ne vous menacent pas. Vous voulez me comprendre et, par chance, vous n'y parvenez pas, sinon vous ne me donneriez pas l'occasion de m'expliquer. Ce n'est pas l'accord qui inspire le plus. Peu d'hommes ont eu le courage ou l'inconscience de reconnaître que c'est pour por-

1. On m'a appris, depuis, que mon livre n'avait pas été donné à la bibliothèque en question, mais qu'il avait été réellement demandé par des étudiants. On m'a aussi précisé que, ne sachant souvent pas quoi demander, ceux-ci cochent un titre sur dix (cinquante ou cent) des listes qui leur sont proposées.

ter ombrage à quelque figure dérangeante qu'ils ont édifié leur œuvre. Einstein est un de ces rares spécimens à ne pas avoir craint d'écrire que c'est pour indisposer Poincaré qu'il a eu l'esprit de sa découverte. Freud, pourtant inventeur du « roc de l'esprit de contradiction », ne s'est, à ma connaissance, pas justifié ainsi. Quant à moi, ça n'est pas parce que je ne trouve rien de génial à dire que je n'ai pas pour autant moins envie d'importuner. Depuis que j'ai expérimenté, comme nourrisson, ce mode de me faire reconnaître, je ne l'ai jamais trop abandonné. Et voilà que, pour vous, j'existe sans vous déranger, parce que je ne détruis pas vos plates-bandes éloignées. Sans doute, seuls vos interlocuteurs américains ont-ils le pouvoir de vous troubler. En tant que lointain Européen, je ne peux guère incarner qu'un esprit quelque peu saugrenu, si ce n'est attardé. Votre regard sur moi est plus celui d'une ethnologue que d'une semblable. Mes cris ne sont que des chuchotements exotiques à cette distance, bien qu'un fil miraculeux nous relie. Mais puisque vous m'avez pris au mot, je dois vous répondre, sous peine de voir se dégonfler la baudruche de ma parole, fût-elle de refus ou de révolte. Je vais donc tenter de vous offrir un discours plus rationnel, derrière lequel vous croirez plus facilement me saisir que sous ce texte décousu. Auparavant, une question : Que pensez-vous des « êtres vivants inorganiques » ?

À vous lire,

J.-C. L.

Cher J.-C. L.,

????????

M.L.

Chère M.L.,

Vous tombez des nues ! J'ai donc bien fait de vous poser la question, plutôt que d'aller directement à mon propos. Les « êtres vivants inorganiques » vous déconcertent. Leur existence a pourtant été révélée par un chercheur américain. Ainsi, vous n'auriez pas lu Carlos Castaneda. Et moi qui pensais que toute la gent universitaire américaine s'était nourrie de ses surprenants écrits ! Il n'est malheureusement pas possible de résumer une œuvre qu'il y a mille façons de comprendre et que chacun lit à sa façon. Sachez seulement que cet ethnologue californien s'est mis en quête, dans les années soixante-dix, au cœur du Mexique, des traces d'une ancienne tradition toltèque. Pensant les trouver auprès d'un vieil Indien sous la forme d'une cosmogonie inédite, il s'est trouvé embarqué dans l'apprentissage initiatique de procédures mentales assez éloignées des nôtres. Fasciné par ce qu'il pressentait découvrir, il s'est astreint à suivre pendant des années une pratique difficile. Il a rendu scrupuleusement compte de ses épreuves dans une succession de livres, écrits et parus au long de sa recherche. Ses nombreux lecteurs ont pu suivre sa laborieuse approche de certaines techniques de pensée, pour nous inconcevables, parce que étrangères à la conscience que nous avons de notre psychisme.

La dénomination d'« êtres vivants inorganiques » appartient à la tradition étudiée. Elle est reprise comme telle par Castaneda. Elle a tout pour nous consterner. Elle représente à nos yeux une sorte d'animisme, lequel, comme nous en sommes fiers, a depuis longtemps disparu de nos têtes chenues. Castaneda rapporte pourtant, avec détails à l'appui, la rencontre réelle faite par lui, sous la conduite de son maître, de ces êtres qui défiaient son imagination. Je vous rappelle qu'il s'agit d'un universitaire, faisant un travail scientifique, dont le but est de faire connaître le détail de ses recherches sur le terrain. C'est au cours d'affrontements présentés comme véritablement homériques, qu'il nous décrit comment il a perçu l'existence de ces êtres insoupçonnés de lui, et comment il a été amené à défier leur terrifiant pouvoir. Malgré la saisie des affres vécues par l'auteur, celui qui le lit peut le faire avec la tranquille distance de qui n'est pas directement concerné : de tels êtres n'existent pas dans son univers, Dieu soit loué ! Or, je vais essayer de vous le montrer, ces êtres invisibles existent bel et bien dans notre monde occidental, pragmatique à souhait. Ils y ont une réalité aussi assurée que celle de la face cachée de la Lune que nous ne pouvons apercevoir directement. Ces êtres nous entourent dans notre vie quotidienne, à laquelle ils participent activement. Pour tout dire, nous ne pourrions vivre sans eux, sans leur influence permanente, aussi bénéfique que toxique. Ils nous tiennent en leur total pouvoir. Quand vous aurez saisi qui ils sont, vous resterez effarée d'avoir méconnu leur substantielle existence. Très chère M.L., en ce point de votre lecture, si vous pensez que, la chaleur de l'été aidant, j'ai la tête fêlée, vous serez peut-être tentée d'en rester là. Vous n'auriez pas complètement tort, car si vous continuez de me lire, vous ne serez plus tout à fait la même après.

Nous autres Occidentaux, pragmatiques à tous crins, nous n'aimons pas penser à ce qui nous fait penser. Ce ne sont pas les théories qui nous manquent, mais penser nous donne le sentiment d'être le maître d'œuvre de nos pensées. Malgré les travaux des psychologues et des neurologues, nous nous sentons les organisateurs de notre vie mentale, jusqu'à en être fiers ou nous en sentir coupables. Tout en sachant que ce n'est pas tout à fait vrai, nous faisons comme si, faute d'avoir les moyens de faire autrement. Saisir par la pensée ce qui anime notre pensée n'est, chez nous, guère accessible que par la psychanalyse, sa doctrine et la présence active d'un tiers pour nous ouvrir à ce que nous ne saurions démêler sans lui. C'est, pareillement, à travers d'innombrables rencontres avec son maître indien et la reprise d'éléments de son passé que Castaneda s'est ouvert à une perception étonnante du fonctionnement psychique. Les « êtres vivants inorganiques » lui ont été décrits comme des êtres qui rôdent en permanence autour des hommes, qu'ils guettent pour en faire leur proie. Ce qui les rend dangereux, c'est que leur emprise est difficilement perceptible. Ces « êtres vivants inorganiques » ont un autre nom, Castaneda rapporte qu'on les appelle aussi des « alliés », parce que l'homme en tire l'essence, non seulement de son pouvoir quotidien, mais aussi de sa raison d'être. L'inquiétante contrepartie est que ces « alliés » puisent sans retenue l'énergie humaine, dont ils ont absolument besoin pour vivre. Si nous n'y prenons pas expressément garde, ces êtres peuvent obtenir notre sacrifice et nous exploiter jusqu'à la mort. Le pire étant que c'est avec notre plein accord. Ignorer le pouvoir qu'ils exercent sur nous, non seulement ne nous en préserve pas, mais au contraire nous met entièrement à leur merci. Après les avoir découverts, on se rend compte qu'on ne peut se passer d'eux, tout au plus peut-on tenter de choisir ceux à qui on est prêt à se sacrifier. Le plus souvent on ne peut que constater leur pleine emprise sans pouvoir s'en dégager, ni seulement en avoir envie.

Êtes-vous toujours là, chère M.L., ou bien ce fax a-t-il été remisé sans plus dans vos archives ? J'ai de la difficulté à en décider. Malgré l'impossibilité cette fois de vous imaginer en train de me lire, il me faut continuer. Ces êtres naissent, se développent et, tout comme nous, connaissent des moments de force et de faiblesse. La mort est leur inévitable destin, mais ils ont une durée de vie sans commune mesure avec la nôtre. Durant des siècles, avec des hauts et des bas, ils peuvent survivre, plus ou moins s'affaiblir, disparaître ou… se rétablir. Ils n'ont d'autre fonction que de se mettre au service des hommes, mais ils les exploitent autant qu'ils les préservent.

Quel charabia que tout cela pour notre esprit réaliste qui croit, pourtant, dur comme fer aux virus ou aux ondes qu'il n'a jamais vus, mais dont il ne perçoit que les effets. Je doute que cette étonnante description ait déjà pu prendre place dans votre organisation du monde. La dénomination d'« êtres vivants inorganiques » vous déroute, elle n'est pourtant pas plus extravagante que la référence freudienne à un inconscient se dérobant à la saisie, qui gérerait nos vies et dont nous ne pourrions que percevoir les effets. Malgré l'apparence délirante de leur appellation, il est possible de ramener ces êtres vivants inorganiques à des modes de pensées qui nous sont tout à fait familiers. Je vais vous en donner une interprétation qui en aplatit sensiblement la force, mais qui n'en est pas moins effarante, sans qu'elle veuille en exclure d'autres, évidemment. Si vous avez eu la charité de me suivre, vous admettrez, et cela va vous remettre en territoire familier, que Dieu puisse être considéré comme un de ces êtres. Combien de dieux, aux pouvoirs les plus divers et les plus barbares, se sont maintenus en vie grâce à leur emprise sur les hommes. Pour disparaître ensuite. Plus prosaïquement les dogmes, chrétien, judaïque, musulman, bouddhique et… tous les autres, ne sont-ils pas des alliés dominateurs et secourables ? Les recours qu'ils offrent requièrent seulement de se plier à leurs exigences. Ces entités, certes, n'existent que pour ceux qui y « croient », d'où leur besoin de l'énergie des hommes pour naître, se développer, évoluer. Ce qui justifie leur appellation de vivants, c'est qu'ils sont doués de conscience en ce sens que, par l'intermédiaire de ceux qui en assurent la présence active, ils sont sensibles au monde extérieur et au sort qu'on leur fait, ils y réagissent et se défendent pour se maintenir en vie. Ne dit-on pas que le christianisme est bien vivant ou que la galanterie se meurt ? On ne peut considérer ces alliés comme de purs concepts sans perdre leur assistance. Le croyant accepterait-il d'envisager que c'est lui-même qui invente sa croyance à sa mesure, à tout moment ? Il a besoin de cet objet (le mot est plus rassurant) dont l'existence est extérieure à lui, pour se situer dans l'univers, profiter de son pouvoir, le cruel autant que le charitable, y organiser sa pensée et… se tenir en laisse.

Croire qu'il est possible de se libérer de ces allégeances en les répudiant est illusoire. Se débarrasser de l'une ne libère pas des autres. Et il y en a une infinité. Les dieux ne sont pas seuls à nous régenter, ils ont d'innombrables émules laïcs, dont il est plus malaisé de se défendre. Nous vivons entourés par des ensembles conceptuels de toutes sortes, qui naissent, se maintiennent, s'épanouissent et exercent, à notre insu, leur totale emprise sur nous. Comment nous en passer, que ce soit pour choisir un dentifrice au fluor ou pour nous pâmer devant un tableau abstrait ! En vertu de quoi, pour la plus infime chose, nous serait-il possible de nous situer, si ce n'est en nous soumettant à des références auxquelles nous attribuons le pouvoir de nous guider avec sûreté, tant qu'elles ont cours ? Chacun de nous est dans la dépendance des siennes, sur lesquelles il n'a pas beaucoup d'emprise, sauf à en changer sans trop de liberté. Ce à quoi nous pouvons nous référer répond à la nécessité de ne pas délirer, c'est-à-dire de constituer une caution extérieure. Le monde qui nous entoure, que nous croyons voir par nous-même, nous n'en voyons que ce que ces ensembles de cohérence nous font voir. L'image que nous avons de nous, de notre corps, de notre esprit, pour sembler objective et réaliste, n'en est pas moins faite de représentations imaginaires à la durée de vie fluctuante. Nos façons de voir ont eu un début et auront une fin, comme tant d'autres avant elles. Elles nous organisent tant qu'elles se maintiennent grâce à nous. Quand on s'avise qu'il a fallu attendre Harvey au XVIIe siècle pour savoir que le sang circulait, ça vous le glace ! Existe-t-il une réalité hors de son évocation ? L'homme ne sait que ce à quoi sa pensée est inféodée, ramassis de doctrines, présentes sous forme de bribes éparses de savoir, auxquelles sans s'en rendre compte il est soumis pour penser et exercer son esprit le plus critique. C'est ce qui constitue ses alliés. Les servir tous n'est pas facile. Ils sont exclusifs et susceptibles. Si certains s'associent, d'autres se combattent. En nous, évidemment, puisqu'ils n'ont d'autre réalité que celle que chacun leur donne, ce qui ne diminue pas notre dépendance pour autant. S'il nous répugne de donner à ces ensembles idéologiques, aussi disparates qu'insaisissables, le qualificatif de « vivants », c'est que nous confondons ce terme avec celui d'organique, par habitude. Castaneda rapporte bien que c'est nous qui prêtons vie à ces moules de pensée qui ont besoin de notre énergie pour se maintenir vivants. Le marxisme s'est fait impérialement servir. L'énergie humaine qu'il a mise à sa dévotion et à son service est inestimable. Les sacrifices qu'il a exigés, pour fantastiques qu'ils aient pu être, n'ont pu l'empêcher d'en prendre un bon coup dans l'aile. Après tant et tant d'autres dogmatismes. Peut-être renaîtra-t-il ? À dire vrai, il ne semble pas tout à fait mort. Ce n'est pas son gigantisme qui est fascinant, c'est l'inaccès à sa tête pensante, car il en avait mille et mille. Même les plus élevées d'entre elles avaient à compter avec la vie, l'inertie ou l'enthousiasme de ce corps aux millions de cellules.

Chère M.L., je ne cherche pas à vous faire prendre pour une vessie vivante ce qui ne serait qu'une lanterne inanimée. Je tente, en m'appuyant sur cette extraordinaire métaphore des êtres vivants inorganiques, de vous faire sentir à quoi sont attachés nos partis pris, nos opinions sincères, nos pensées les plus importantes comme les plus insignifiantes. « Allié » est un raccourci de langage, associant à l'existence des idéologies la chaîne que constitue notre rapport à elles. Les discussions de salon comme celles des scientifiques sont un bel exemple du fantastique pouvoir sur nous des idées qui nous propulsent ou nous retiennent. On peut renoncer à une amitié pour un parti pris. Dans les conflits d'opinions, c'est en faveur d'idéologies que nous nous battons, prêts à jurer que ce n'est pas à notre profit personnel. Défendre ses idées est valorisé, se sacrifier pour elles, révéré.

Pour ma part, ce n'est pas, comme vous le croyez, les affirmations que j'incrimine, mais ce à quoi nous sert d'affirmer. Ce n'est pas aux convictions que j'en ai, mais au crédit que nous leur attribuons pour justifier n'importe quoi. Considérer les options idéologiques comme « vivantes » ou non est secondaire au regard de leur usage partisan. Vous me dites que je répète toujours la même chose, c'est vrai. C'est dans l'espoir de me persuader, sans y parvenir jamais, que mes pensées ne m'appartiennent pas. Au mieux je les emprunte, au pire je les subis.

Dans le domaine qui nous est plus familier, vous aurez déjà deviné que la névrose est l'exemple parfait de l'allié devenu intempestif. La condition enfantine, qui nous a fait choisir une attitude défensive comme alliée, est dépassée depuis belle lurette. Elle reste, pourtant, toujours active en nous, nous astreignant à lui être fidèle, au prix, parfois, de beaucoup d'énergie. L'allié en question est souvent une bribe de certitude enfantine qui s'est implantée parce qu'elle semblait salvatrice, au simple prix de s'y asservir : « Si je fais ainsi, ça ira bien » ou « Si je ne fais pas cela, rien de mal n'arrivera ». La dépendance qui en résulte est parfois telle qu'il faut avoir recours à la difficile et longue procédure de la psychanalyse pour espérer la voir céder. La plus vive angoisse peut surgir à pressentir les choses sous un autre jour. Ce serait le sens des combats homériques de Castaneda, saisi par l'angoisse de voir se volatiliser le monde des certitudes qui l'inséraient dans sa vie quotidienne. Mais qu'en est-il de toutes les alliances qui ne nous dérangent pas ? Certains hommes se targuent de n'avoir, au long de leur vie, jamais changé leurs façons de voir et sont fiers de cette constance. À qui croient-ils dédier pareille fidélité ? Est-ce aux mânes de leurs ancêtres, à l'imago de leur pays, aux dieux de leur religion, ou à quelque autre entité tutélaire avec laquelle ils croient avoir conclu un marché honorable, qui les emprisonne autant qu'il les promeut ?

Les guerres de religion, les divergences de la science mobilisent aisément les hommes. Elles donnent un sens à leur vie. Pour d'autres, ce seront les autos miniatures. Chacun mesure à son aune le monde dans lequel il est pris. Le fondamental pour l'un n'est que futilité pour l'autre. C'est de façon quasi inextricable que nous nous référons sans cesse, sans même nous en rendre compte, à tel ou tel « allié » pour penser. Nous croyons délibérer en notre nom, alors que nous ne sommes que le reflet d'exigences qui luttent en nous, hors desquelles la raison nous échapperait. Ce serait la folie. Et « n'est pas fou qui veut », enseignait quelqu'un qui voulait qu'on le soit à sa manière. Si nous réussissons à ne pas trop souffrir d'être parfois déchirés intérieurement, c'est parce que nous portons le combat au-dehors. Ainsi naissent des discordances entre les hommes, plus préoccupés de se convaincre que de se comprendre. Nous pouvons avoir recours à nombre d'arguties, pour éviter de voir s'évanouir le pouvoir que nous accordons à ce qui nous assure. L'intolérance, le racisme de la pensée, serait un facteur de notre équilibre : « Ces gens nous valent bien, pas ce qu'ils pensent ! » Aussi les conflits idéologiques doivent-ils remonter à la nuit des temps, des temps humains en tout cas. Ils ne finiront que quand aucun homme ne soutiendra plus ce qui le soutient. Jusque-là, c'est dans un inachèvement permanent que l'œuvre humaine trouvera le gage de sa survie.

Chère M.L., je vous écris un fax, pas un livre. Ma divagation sur les êtres inorganiques de Castaneda veut simplement vous faire apercevoir combien les hommes sont attachés à leurs idées et se mettent bien plus au service de celles-ci qu'ils n'en disposent à leur gré. Si je devais vous exhorter à quelque chose, ce serait à prendre de temps à autre la peine de discerner tout ce à quoi vous êtes obligée de vous inféoder pour penser. La tâche est rude, si ce n'est impossible. Mais cette tentative, pour peu qu'on la répète, a néanmoins la vertu de nous inciter à ne pas trop nous identifier à l'amalgame disparate, supposé être notre allié, qui en est venu à nous asservir en douceur jusqu'à soumettre pleinement nos jugements.

Si « Je » est un autre, « Je » est bien plus encore un piège. Il y a peut-être des bénéfices à croire qu'on est ce qu'on pense et qu'on n'est pas ce qu'on ne pense pas. De cette courte vue, source du refoulement, il résulte pas mal de servitudes. La fierté et la culpabilité ne sont que moindres maux, au regard de l'énorme résistance à changer : changer d'idées serait perdre toute identité. Notre grande réticence à entendre le point de vue des autres peut s'assimiler à notre peur d'être détruit. Il ne faut pas croire que ce qui nous attache à nos idées serait toujours de l'ordre narcissique comme il le semble, c'est bien plus souvent de l'ordre conjuratoire. La prétention idéologique de notre intellect masque l'attente fantasmatique qui incite au choix de ses options. Le fait de prendre parti pour ce qu'on pense émane moins de l'amour de soi que d'une vertu propitiatoire attribuée aux pensées. Penser est moins souvent une réflexion qu'un acte de foi. Les idées qu'on soutient visent une alliance avec ce à quoi cela semble nous apparenter, comme un totem qu'il faut à tout prix honorer et préserver. C'est en cela que la parabole d'un pacte avec des « alliés » fait pressentir une fonction transférentielle à la pensée. D'où ce besoin que nous avons de parler pour ne rien dire et pourtant signifier.

Comme je le fais présentement avec vous ! « Je ne sais pas pourquoi, mais ça me soulage de vous avoir dit ça ! » Qui n'a jamais été interpellé ainsi ?

C'est peut-être ce que vous auriez pu pressentir derrière votre lecture de mon fol essai du Macintosh révisé. Vous m'auriez suggéré que ma propension à ne pas croire en ceci ou cela pouvait être la conséquence de n'avoir pas cru en mon père. Le procès que je semble faire aux idées serait alors la poursuite de la mise en question des siennes. Ne pouvoir me fier à aucune certitude serait le prix encore à payer pour avoir cessé de croire en lui, sur la voie illusoire de m'en affranchir. De m'entendre dire cela ne m'aurait pas humilié. Je l'aurais même complété. Ne serait-ce pas, aussi et bien plus tôt, ma mère au pouvoir de laquelle j'aurais cessé de croire pour je ne sais quel manque de sa part ? Contraint, dès lors, à vivre à mes risques et périls, je ne me serais plus fié à rien.

À cela, il faudrait encore ajouter l'essentiel. Derrière la vision fluctuante que j'ai pu avoir de mon père, j'ai pressenti quelque chose de totalement intangible qui m'aurait infiniment plus dérangé que le faillible. Et chez ma mère, pareillement. J'aurais soigneusement évité de le reconnaître, parce que cela m'aurait donné un insupportable sentiment de perdition. Ce quelque chose, avec quoi je ne suis pas encore trop au clair aujourd'hui, était cela même qui les avait réunis. En tout cas assez pour m'avoir fait ! Peut-être souffrirais-je toujours d'avoir dû naître, et de n'être encore, que comme un produit occasionnel de ce qui les avait rapprochés ?

Et pour vous, serait-ce l'inverse qui aurait prévalu ? Avez-vous le sentiment d'avoir été l'objet premier de votre père, après l'avoir été de votre mère ? Chercheriez-vous alors, désespérément, en intellectuelle que vous êtes devenue, à remplacer cette présence fiable par une conception des choses à laquelle vous pourriez vous abandonner, en toute sécurité, dans une quiétude parfaite enfin retrouvée ?

Malheureusement, pour vous comme pour moi, les « alliés », qui nous tiennent et nous maintiennent, sont plus prometteurs que donneurs. Ils nous piègent dans une quête sans fin, car rien d'actuel ne saurait éteindre nos attentes passées. À cause de cet objet perdu que nous n'avons jamais eu et que nous n'aurons jamais, nous sommes voués à rester des enfants inachevés, en perpétuel besoin de compréhension, ingénieux substitut de l'amour parfait.

Votre J.-C. L.

« Mon père s'est trouvé, un beau jour,
avoir envie de caresser le ventre de ma mère,
ce qui déjà me dérange. Mais, en plus, à cause de ça,
j'en suis encore, des années plus tard sur ce divan,
à subir le lien entre ça et qui je suis,
et même entre ça et ce que je suis en train de dire ! »

EXCELLENCE PARADIGMATIQUE DE LA SCÈNE PRIMITIVE

Une fillette est toute réjouie d'annoncer en classe que, pour Noël, ses parents vont lui acheter un petit frère. « Tu as de la chance, lui répond un camarade, chez nous, on est trop pauvres, on les fait nous-mêmes. »

L'anecdote prête à rire. De la trouver cocasse détourne notre angoisse. Nous trouvons drôle qu'un propos innocent affuble d'une procédure collective saugrenue la réalité charnelle de nos origines. « Mes parents sont trop pauvres, ils doivent les faire eux-mêmes » nous dériderait encore, à muer en devoir un plaisir que, dans cette affaire, nous préférons ignorer.

Sur notre venue au monde, nous avons l'art d'entourer d'un certain flou ce que nous sommes à la fois sans ignorer et sans savoir. Chacun a toute licence d'obscurcir à sa manière la séquence de sa conception. Ainsi, à l'opposé de ce réaliste petit garçon, un patient pouvait-il affirmer qu'entre ses parents le sexe n'avait aucune place, jusqu'à soutenir que sa mère n'avait jamais eu de rapport sexuel avec son père. Pourtant, à propos d'une photo retrouvée du mariage de ses parents, il en vient à dire : « Là, ils étaient unis, pour le coup ! » Formule, à la fois banale et pas banale. « Pour quel coup ? », ai-je donc risqué, provoquant, après un temps d'hésitation : « Si vous voulez parler de ma naissance, ma mère n'a fait ça que pour m'avoir. » Mon sous-entendu, un brin graveleux, avait été reçu cinq sur cinq. Graveleux, il vaut de le rappeler, a signifié (selon Dauzat) « pénible pour la conscience comme la gravelle pour le corps ». Mon allusion était risquée, non pour son incongruité, mais parce que la connivence qui m'était prêtée à ce moment allait vers le plein rejet d'un père, que je réintroduisais gaillardement au cœur de la mère, si l'on me permet cet euphémisme. Quant au sens trivial, je savais qu'il serait entendu. Pour cet homme, la vie sexuelle, c'était toujours « tirer des coups ». Mon intervention voulait attester la nature féminine de la mère que, par gène d'y consentir, on choisit plutôt d'abolir.

Curieusement, l'image maternelle élude sa composante charnelle, comme si le temps de la parturition pouvait exclure celui de la conception. Ainsi, quand nous mentionnons notre naissance, nous ne rapportons qu'un repère chronologique de notre existence, sans plus. Nos parents, pour leur part, n'y sont présents que si nous nous employons expressément à les convoquer. Quant à leur rôle dans l'affaire, pour implicite qu'il soit, il est bien escamoté.

Le déni de la scène primitive ne se borne pas toujours à son omission, il peut aller jusqu'à prendre la forme plus paradoxale de son inversion, comme dans le regret de ne pas être le père de son père, ou celui, plus radical encore, de ne pas être son propre père. Ces fantaisies se veulent l'annulation d'une origine ressentie comme importune, qu'affirme néanmoins la candeur de ce qui la nie. C'est une forme condensée de roman familial, comme dans le bref récit de rêve d'une jeune femme : « Je rêvais que je faisais l'amour, quand je me suis dit :

Mais c'est ça, la scène primitive. En plus, c'était ma propre conception et j'étais... ma mère. C'était vraiment sympa ! » Ce qui fut relancé en écho d'un : « Vraiment sympapa. »

En dehors de ses mentions plus ou moins manifestes, la scène primitive se cache dans des tournures plus latentes, d'où mon titre quelque peu apprêté, qui veut signifier que ce qui concerne la scène primitive est exemplaire du travail à l'œuvre dans l'ensemble des procédés révélés par la métapsychologie.

Une patiente annonça un jour avec gêne qu'elle n'était plus attirée par l'homme qu'elle avait enfin décidé à quitter sa femme pour l'épouser. Ce n'était pas la première fois. Cette patiente évitait-elle répétitivement l'angoisse de prendre, après l'avoir convoitée, la place symbolique d'une mère jalousée ? Cela aurait eu une résonance œdipienne classique. Elle avait précisé : « J'en éprouve moins de désagrément que je ne ressens de découragement à vous le dire. » Cet ajout m'avait fait évoquer plutôt la scène primitive, dont il n'avait jamais été question. Quelle raison aurait pu justifier qu'au moment même où cette femme allait être épousée par celui qu'elle arrachait à sa rivale, elle n'y trouve soudain pas ce qu'elle espérait ? Cette femme, qui ne supportait pas sa mère, aurait-elle pressenti que sa victoire ne réformerait pas la prééminence sur elle de cette mère détestée ? L'humiliation d'avoir à reconnaître cette ineffaçable dépendance se serait alors discrètement présentée dans le transfert, sous la forme du découragement à la reconnaître. Le fantasme sous-jacent fut, comme bien des fantasmes, difficilement communicable, notamment pour sa naïveté enfantine : « Quand j'étais petite, je croyais que, si mon père se mariait avec moi, ma mère ne serait plus ma mère. » La rivalité œdipienne trouvait son fiasco dans ce qu'avait d'indélébile la scène primitive.

Pour neutraliser la dépendance à la mère, le roman familial exclut souvent son rôle procréateur. Nier celui-ci libère d'un lien sans cela imprescriptible. On minimise le poids de la scène primitive dans la rivalité œdipienne. Ces deux temps sont inévitablement imbriqués. La rivalité œdipienne a ceci de particulier qu'elle s'exerce entre des êtres que régente le lien de filiation. L'envisager sans la part qu'y joue la scène primitive néglige beaucoup de ce qui la constitue. Cependant, la rivalité œdipienne et la scène primitive, aussi mêlées soient-elles, gardent chacune leur dynamique propre jusque dans une symptomatologie confondue. La scène primitive a été d'abord considérée comme un traumatisme, c'est-à-dire comme la cause d'excitations que l'enfant ne serait pas à même de maîtriser, pour reprendre les termes de la *Traumdeutung*. Mais, au-delà, par sa fonction génératrice, la scène primitive a tout pour constituer un traumatisme métaphysique. L'acte qui nous a conçu, pour indéniable qu'il soit, reste peu assimilable. Ne pouvoir facilement consentir au processus de notre origine ne prépare pas pour autant à l'intégrer dans notre histoire : « Alors, comme ça, mon père s'est trouvé, un beau jour, avoir envie de caresser le ventre de ma mère, ce qui déjà me dérange. Mais en plus, à cause de ça, j'en suis encore, des années plus tard sur ce divan, à subir le lien entre ça et qui je suis, et même entre ça et ce que je suis en train de dire. » Là, on sent que c'est UN patient qui parle. Et je serais peut-être présentement enclin à privilégier son dire, pour la bonne raison qu'il parlerait tout autant pour moi.

Il me faut avouer que la scène primitive, celle qui me

concerne personnellement, n'est pas de ces choses auxquelles il m'arrive d'être spontanément tenté de penser. Au-delà de sa composante scabreuse, plus ou moins facilement domesticable, cette scène souligne trop ma totale carence dans l'acte le plus conséquent de ma vie. Elle déconcerte aussi le sentiment quelque peu orthopédique que je crois avoir de ma continuité temporelle, en faisant apparaître la contingence de ma survenue. Toute scène primitive dérange par la dimension éminemment hasardeuse du fruit qui peut en résulter.

Récemment, un homme politique américain, pour soutenir son opposition à l'avortement, proclamait publiquement : « En tant qu'ancien fœtus, je suis présentement heureux de voir le soleil. » Cela n'avait rien pour troubler quiconque. À l'opposé, voici le récit d'une courte scène stupéfiante, au sens où, après quelques décennies, la stupeur dans laquelle elle m'a laissé ne s'est pas encore totalement dissipée. J'étais au lycée Louis-le-Grand. En seconde. Ma classe était diversement chahuteuse selon les professeurs. L'un d'eux, qui, pourtant, n'était guère importuné, l'était sans doute encore trop à son gré. Un matin, pour faire cesser de furtifs bavardages, il prononça, sans élever la voix, une petite phrase qui lui valut, dans l'instant, une définitive et plate soumission. Ces quelques mots, j'hésite à les rapporter, tant ils convoquent ce que personne ne peut trouver d'agrément à se représenter. Les voici, cependant : « Faites attention à ce que je vous dis, espèces de résidus de bidets ! » Si, à lire cette courte phrase, on peut passer dessus vite fait, c'est autre chose d'être, à quinze ans, ainsi apostrophé. De façon imparable, mes camarades et moi étions confrontés sans détour à la réalité la plus sordide de la scène d'où notre vie avait germé. Notre égarement fut tel que nous sommes restés des mois avant d'oser en parler entre nous. Savoir qu'on a été conçu lors d'une rencontre charnelle ne prépare pas pour autant à se représenter sans échappatoire ses aléas physiologiques.

Paradoxalement, nous ne pouvons penser notre conception et notre mort qu'en les niant. Nous imaginer mort nous en fait le témoin, quand nous ne le serons plus de rien. Tenter de nous représenter notre conception nous en rend contemporain, avant même que nous ne puissions l'être de rien. De ce coït parental, voué à rester imaginaire, il devra résulter une grossesse bien réelle. Évoquer cette scène primitive, son déroulement, et pas seulement le concept, c'est, au-delà de l'engrenage infini de hasards qu'a nécessité ce corps-à-corps aventureux de nos parents, apercevoir toute l'incertitude de sa portée si, là encore, on me passe ce terme. Évoquer la scène, c'est se trouver au moment où son produit était encore problématique. Aussi serait-on tenté de les inciter à bien faire ce qu'ils font, ces futurs parents, si, à les imaginer ainsi occupés, on ne se trouvait accablé par l'évidence de ne pas avoir, en cette affaire, la moindre place. Pour pouvoir se croire là, non encore advenu mais présent quand même, il faudrait se supposer désiré et, bien qu'encore virtuel, comme au centre de toute cette machinerie. Mais se présumer là comme un souhait (ou comme un risque, d'ailleurs) serait pur délire, parce que ce qui pouvait être espéré (ou craint) n'avait vraiment rien, à ce moment, de notre belle consistance narcissique. Il n'empêche qu'on peut entendre ceci : « Fallait-il que ma mère m'aime pour accepter de subir le désir de mon père ! »

*

La scène primitive, en dehors de l'excitation ingérable qu'elle peut susciter chez l'enfant, a tout pour provoquer même chez l'adulte un certain désarroi. Nos vies sont exposées à nombre de circonstances hasardeuses, mais jamais dans une semblable situation de tout ou rien. Quand on a vu la mort de près et qu'on a survécu, on peut y voir un miracle, louer Dieu, la chance, etc. Mais, là, va donc reconnaître le miracle qui poussait notre père vers notre mère ! La genèse de cette scène est plus facile à récuser, mine de rien ! Imaginer tout bonnement qu'on aurait pu naître à une autre époque ou dans un autre milieu, envisager qu'on aurait pu être d'une autre race, si ce n'est même d'une autre espèce (« J'aurais aimé être un chat ! »), c'est voir la naissance comme une loterie qui aurait pu nous attribuer un autre lot de particularités. Eh bien, non ! Sans la rencontre très précise d'où il est issu, celui ou celle qui serait en train de penser cela n'existerait tout simplement pas. Dans l'immensité de l'univers, une copulation éminemment improbable nous a créé comme contrecoup de cet acte unique et irremplaçable. Oui, tout le monde sait ça. N'empêche que j'aurais aimé être ma sœur, ou naître américain, bien que je ne parle pas l'anglais !

Obnubilés par la perception de l'univers qui nous entoure, nous négligeons que cette scène, à laquelle nous n'avons eu aucune part, se trouve à l'origine de cet univers. Non seulement on ne nous a pas demandé notre avis avant de nous mettre au monde, mais on ne nous a pas non plus demandé dans quel monde. Naître sumérien, new-yorkais ou tibétain ne donne évidemment pas accès au même univers. Dans le même quartier, au même étage, dans la même famille, naître l'aîné ou la dernière n'offrira pas davantage une même réalité, ni de mêmes parents. Ce qui a eu un tel pouvoir constituant sur notre existence ne nous offre pas d'échappatoire. En comparaison, les originalités dont nous affublerons notre destin resteront assez négligeables. La scène d'où chaque homme aura surgi lui aura imposé avec l'existence la texture de sa réalité et de lui-même. Lieu imaginaire d'une soi-disant liberté de penser, chaque humain est prisonnier des dédales que son époque et son milieu lui auront infligés pour parcourir le monde. Rien de plus fortuit dans son origine que le carcan qui nous constitue, rien de plus scellé. Jusqu'aux objets que manient nos pensées, rien ne saurait échapper à des perspectives imposées. La matière de nos opinions sur le bien, le mal, la justice, sur le droit du plus fort ou celui du plus faible, règne à notre insu sur notre vie mentale. Que la loi romaine du *pater familias* ait pu laisser place à l'instauration des droits de l'enfant est un exemple entre mille de l'infinie variété des valeurs qui s'imposent à notre intériorisation. L'exploitation des esclaves, des prolétaires, des prisonniers, des domestiques, etc., a subi des mutations comparables à celles du droit des femmes, des vieux, etc. Il nous révolte qu'on ait pu, dans un assentiment social, faire monter ceux-ci au cocotier, même si ce qu'on leur réserve aujourd'hui ne vaut souvent guère mieux. Si les pères n'ont plus chez nous le droit de mort sur leur progéniture, ailleurs on trouve encore tout normal de noyer les filles. Certains, qui n'acceptent pas de tuer dans l'œuf un être non encore fait mais qui aurait des droits, semblent mieux s'accommoder des guerres qui tuent des hommes faits, qui en auraient moins. En toute conformité aux usages du lieu et du moment, la texture des convictions qui s'offrent à la conscience n'est que l'occasion de choix finalement très secondaires. Étaient-ils plus assoiffés de sang, ceux qui se passionnaient pour les jeux du cirque plutôt que pour ceux du stade ? Le monde culturel qui a présidé au développement de notre pensée, la société qui a institué nos valeurs, la famille qui nous a appris ses mots, tout cela s'impose bien au-delà de la saisie qu'on en pourra jamais avoir, puisque cette saisie même reste soumise à ce qui l'aura structurée. Tout cela n'est encore rien si l'on pense que, de la couleur de nos yeux à l'appartenance à tel sexe, notre destin, c'est bien sûr l'anatomie. On conçoit que l'homme en soit venu à tenir à la miette de liberté qu'il croit avoir, dans le champ assez réduit qui lui reste.

Il nous faut accepter qu'il y ait plus d'immuable que de flexible dans ce qu'impliquent nos origines. Parvenir à prendre quelque distance avec notre milieu n'aura pas prise sur notre ethnie. Réussir à compenser une faiblesse congénitale ou aller jusqu'à changer de sexe (!), n'aura, comme de se teindre les cheveux, que la vertu de faire accepter tout le reste. Les singularités que chacun devra soutenir pourront lui faire révérer sa lignée ou lui inspirer de la récuser, ce sera sa façon de l'intégrer. La scène primitive à travers les mille formes de son empreinte représente le plus irréductible de la réalité de chacun. On peut y voir l'équivalent d'une castration symbolique parce qu'il n'y a de choix que de l'endurer. Son déni, à lancer dans la contestation permanente, ne sera qu'un mode travesti de l'affirmer.

*

Les analystes n'insistent guère sur le fait que ce qu'ils disent être en jeu dans une analyse se trouve strictement équivaloir à ce qu'ils en supposent. Qu'on soit analyste ou métreur, on n'a jamais affaire qu'à ce qu'on perçoit. Mais l'analyste ne se trouve pas, comme le métreur, devant ce qui est manifeste. Ce qui lui importe n'est pas la mesure objective de ce qui est dit, mais la perception subjective de la relation imaginaire que le discours s'emploie à établir. La psychanalyse fonde sa pratique en attribuant une visée transférentielle aux associations qui surgissent en séance. Or, la psychanalyse, c'est toujours UN psychanalyste, dont ce sera l'inspiration du moment qui élaborera les processus inconscients du patient. Un portrait clinique, *a fortiori* l'exposé d'une cure, n'entraîneront pas *ipso facto* l'adhésion des autres analystes. Chacun a sa gamme de sensibilité et possède sa façon personnelle de ressentir ce qui se joue dans le transfert.

La non-conformité de la psychanalyse aux critères de la science tient à ce que chaque analyste spécule à sa manière avec l'extraordinaire jeu de substitutions inventé par Freud. C'est sa propre analyse qui, séance après séance, aura inculqué au futur analyste ce qui constitue la réalité psychique, selon ce à quoi aura été réceptif son propre analyste, lors de leur parcours commun. Le registre des instances psychiques lui apparaîtra selon ce que lui aura inculqué sa propre analyse. La spécificité du divan qui l'aura engendré lui imposera une famille d'origine. Cette famille ne sera pas plus annulable que celle de la scène primitive, même si elle peut, comme celle-ci, toujours être quittée pour une autre, plus ou moins adoptive. Cela ne saurait changer la structure de l'univers analytique auquel l'analyste incorporera sa famille d'accueil et le monde de la psychanalyse. À moins de reprendre son cheminement et de se trouver pris par d'autres valeurs ! Certes, à la différence de ce qu'il en a été de notre procréation, avant de s'engager dans un parcours analytique, on a la liberté de choisir son « géniteur-analyste ». Cette fois, au moins, on peut donner son avis avant de se faire engendrer. La belle affaire ! C'est en plein aveuglement qu'on le donne !

Au cours d'une cure, il peut survenir, dans le transfert, d'archaïques excitations, répétitions de celles du bien connu « petit pervers polymorphe ». Cela peut provoquer chez l'analyste plus d'angoisse que ne pourra jamais le faire la saisie, plus abstraite, de « l'objet petit a » lacanien, pour introduire ce qui suit de façon un peu abrupte.

Depuis un siècle, des ajouts de toutes sortes sont venus agrémenter la théorie freudienne. Indépendamment de ce qu'ils apportent d'original, et sans doute par cela même, ils semblent avoir la conséquence imprévue de dénaturer ce qui, pour Freud, constitue la névrose *via* le refoulement, à savoir, le sexuel. On voit mal au service de quoi œuvrent ces nouvelles perspectives, si ce n'est à la prétention de rendre moins abrupte, parce que sous une forme plus tolérable, la violence de la thèse freudienne. Quelle autre raison pourrait inciter à mettre tant d'idées non freudiennes entre Freud et nous avec l'idée que cela faciliterait l'accès à Freud ? Plaisants par leurs lots de surenchères théorico-métaphoriques, ces ajouts nous offrent un registre de concepts qui mettent à distance l'insupportable, dont le paradigme pourrait bien être la scène primitive. Les « nœuds borroméens » offrent un exemple de ces métaphores post-freudiennes. Ces nœuds veulent faire saisir de façon particulièrement expressive, grâce à la complexité de leur texture, la complexité de l'inexorable qui compose nos destins. Ils présentent un abord intellectualisé de la combinatoire à laquelle asservit plus naturellement la scène primitive. De ces deux figures de l'inexorable que sont la scène primitive et les nœuds borroméens, la représentation désincarnée nous est moins insupportable que celle de la réalité charnelle. La corrélation que la scène primitive nous oblige à faire entre l'érotisme à l'œuvre chez nos parents et notre conception reste absente dans la métaphore des nœuds lacaniens. L'inexorable salmigondis de nos destins est présent dans les deux cas, mais qu'il soit le contrecoup d'une incitation érotique n'est pas négligeable. S'en détourner permet d'éluder la vie sexuelle de la mère. Le succès mondain qui accompagne certains modes d'abord de la psychanalyse dénote une subtile récupération par l'*Establishment* de la peste freudienne. En l'occurrence, ce qu'a d'irremplaçable la scène primitive, c'est de rester dans l'histoire de chacun le rappel obligé et insistant de la dérangeante sexualité des parents : « Ils ont bien dû le faire au moins trois fois, puisque nous sommes trois enfants. » Qui n'a pas, un jour ou l'autre, entendu cela ?

Les ajouts faits à la théorie freudienne ne proposent leur retour à Freud qu'en lui imposant un détour. Ils peuvent avoir la vertu de renouveler le choc de la découverte et d'atténuer l'usure des mots. Leur risque ne réside pas dans le fait que la sexualité y serait déniée ou annulée, mais dans celui qu'elle y soit assez complaisamment enrobée. Ainsi, pour ce qui est du père, voir « dans son nom le symbole de sa loi » est moins effarant à considérer que le pouvoir de sa queue à nous avoir engendré, au cours de cette scène primitive aussi rebattue que méconnue. Si la loi du père est représentable par son nom, si le nom du père est la marque de notre filiation, donc de l'ineffaçable scène primitive, pourquoi lui préférer une représentation désexualisée ? La loi du père est moins celle de son autorité, que celle, inflexible, de notre engendrement à tel moment, dans telle lignée, avec tel lot de singularités. Cette loi, à laquelle aucun humain ne saurait échapper, peut sembler inhumaine, parce que apparemment injuste. Elle est peut-être compensable, elle n'est, en tout cas, pas amendable. Ce pouvoir exorbitant qu'ont ainsi exercé nos parents sur nous n'a rien à voir avec leur férule, forcément dérisoire en comparaison de ce qu'ils nous ont, malgré eux, imposé. Pourtant, il est des analystes pour qui ce n'est franchement plus de bon ton d'évoquer « papa-maman » dans les interprétations, que cela aplatirait par trop de banalité. On devrait leur préférer… mais vous savez comme moi tout ce que, aujourd'hui, il serait plus dans le vent de préférer à ces parents, qui, pour être ressassés, n'en demeurent pas moins l'occurrence de nos asservissements les plus durables.

Revenir sur la scène primitive fait mesurer son emprise sur toute évocation parentale, et à l'extrême, sur toute parole prononcée, puisque la parole ne saurait échapper à l'incarnation particulière qui a établi son implantation. Les hommes remettent rarement en question le fait qu'ils soient des garçons, alors que les femmes interrogent souvent ce qui a fait d'elles des filles. Bien des fantasmes féminins trouvent là leur source. Avoir dû se situer par rapport à ce que la destinée féminine peut sembler avoir d'inexorable, et parfois d'injuste, aura pu davantage sensibiliser les analystes femmes aux effets immuables de la scène primitive, dont elles seront moins portées à négliger le rôle déterminant au regard des enjeux de l'analyse.

*

Le conflit œdipien, à écarteler l'enfant entre ses parents, possède l'évidence estompée de régir des personnages enchaînés par la scène primitive. Les deux moments clés du destin de tout enfant que sont ladite scène et ledit conflit n'ont pas, malgré leur étroite corrélation, des devenirs solidaires. L'enfant, de quelque manière qu'il le résolve, ne peut manquer d'inventer une solution à son conflit œdipien. Que celle-ci soit faite d'une feinte soumission ou d'une vaine sécession, elle manifestera, après le déclin de ce conflit, son emprise de répétition névrotique. Pour ce qui est de la scène primitive, l'enfant ne saurait l'intégrer que par la voie du refoulement et du fantasme. Là, va opérer ce qui représente un des plus saisissants aspects de la sagacité de Freud, à savoir que ce qui ne peut être remémoré réapparaît comme réalité, tout particulièrement transférentielle. Ainsi, il incombe à la scène primitive de resurgir dans des comportements qui sont loin de son registre apparent.

Voici un homme, mû des plus consciemment par une forte rivalité avec son père. Il en tire l'essentiel de son énergie pour réussir. Presque au sommet de sa carrière, il commence à se déprimer et à perdre de son coutumier *punch* professionnel, cela précisément au moment où, dit-il, il allait enfin affirmer sa supériorité sur son père. On pourrait évoquer une névrose d'échec qui s'opposerait à ce que ce fils rivalise avec son père, si tant d'exceptions ne venaient infirmer ce principe. Il est plus tentant de rapporter ce fiasco à la scène primitive, puisque rien ne saurait annuler le lien qui soumet au père à cet égard. La rivalité était jusque-là perçue comme stimulante : « J'ai toujours voulu faire tout ce que mon père avait pu faire. Plus j'y arrive, plus je suis poussé à le faire. Mais depuis peu, je me sens un peu écrasé par mes efforts. »

« À vous faire vous-même ? » Discrètement susurrée, parce que estimée un peu abrupte, cette interprétation fut payée de retour ainsi : « Oui, mon idéal a toujours été d'être un "*self-made-man*", mais... il est bien évident que je ne pourrai jamais m'être fait moi-même, mon père lui-même ne l'a pas fait. D'ailleurs, j'ai lu quelque part que les parents ne donnent pas la vie, ils ne font que la transmettre. Il n'y a là, pour mon père, aucune supériorité. » « Sans doute, mais une antériorité, qu'il vous faut bien lui concéder. » Cette remarque ne tombait pas du ciel, elle se fondait sur le fait que ce patient ressentait péniblement sa position dans la cure, jusqu'à récuser l'analyste ainsi : « Je ne supporte d'être ici que parce que je ne peux aller voir Freud ! » L'inévitable antériorité sur lui de son analyste dans la succession des analyses ressemblait fort à celle du père dans la suite des générations. N'était-ce pas l'actualisation discrète d'une scène primitive, qui n'avait jamais été envisagée comme domination immuable du père ? En tout cas, c'était l'occasion transférentielle de s'y référer. Est-ce la cause de ce qui suivit (qui en déciderait ?), mais le tenace refus de ce patient de tirer profit de son analyse vint à s'atténuer dans le temps même où il cessa de vilipender son père. Il est possible de se situer par rapport à son père sans aborder explicitement la scène primitive, car celle-ci est active bien ailleurs. Il n'en reste pas moins que, pour rendre consciente la rivalité avec le père à un homme mûr qui s'emploie à l'ignorer, le détour par la scène primitive concède un effet choc.

La scène primitive, en tant qu'élément du conflit œdipien, incarne le noyau dur de ce conflit. La forme sous laquelle chacun aura intégré la scène de sa conception deviendra comme le paradigme de sa relation au monde.

Ce qu'en toute ignorance de cause chacun se sera trouvé faire de sa lointaine origine commandera son accès à tout ce qui lui aura préexisté et, notamment, pèsera sur l'acquisition de ses connaissances et son rapport au savoir. La scène primitive, à travers le sort qui lui est fait, a tout pour organiser jusqu'à la faculté même de penser. L'enfant qui forge tant bien que mal des théories sur sa venue au monde ne peut imaginer qu'il est en train d'établir fermement le cadre et les limites de son fonctionnement psychique. Le *Denkverbot*, cet interdit de penser, dont Michel Gribinski a réactualisé l'importance il y a quelques années, concerne aussi bien les difficultés scolaires, symptôme apparent s'il en est, que la somme de nos... désintérêts, symptôme inapparent s'il en est.

Bien des hommes accordent la plus grande attention à l'originalité de leur pensée, sans doute pour masquer tout ce qu'y a implanté leur origine. La recherche de la nouveauté dans les façons de voir peut tenir chez eux une place capitale. Pour l'inventeur de la psychanalyse, c'était une affaire importante. Freud semble avoir réussi la gageure d'être le créateur, sans antériorité flagrante, du cœur de sa doctrine. Le lien à Freud est, de ce fait, implicitement à l'œuvre dans toute activité analytique, même si ce lien n'est pas présent à l'esprit de qui la pratique. Ce lien se matérialise dans les singularités du rapport à la doctrine freudienne. Ce lien à Freud peut aller de la reconnaissance sans réserve à la reconnaissance sous réserve, en passant par la reconnaissance avec réserve. Pour chaque analyste, il s'agit d'accepter la filiation avec un aïeul engagé et, dans la suite de sa propre analyse, de manier ce que cet aïeul a légué. Depuis un siècle, malgré leurs particularités, les analystes ont tous été des enfants de Freud, « fatigués » ou non. Leurs dispositions d'esprit envers ce (re)père spirituel, nées du déclin de leur transfert, se maintiendront par nécessité psychique dans l'après-coup de leur analyse. C'est à travers la nature de son lien à Freud que tout analyste optera, pour ce qui est de la doctrine analytique, entre une soumission intangible et comme telle rassurante, une critique avisée et comme telle narcissisante, ou une coopération bienheureuse à une œuvre commune avec Freud, et comme telle euphorisante. Freud a nécessairement concouru à l'élaboration de tous les travaux psychanalytiques. D'une manière ou d'une autre, il est dedans. C'est par rapport à ce père fondateur, si ce n'est pour lui, que s'est édifiée la profusion de la littérature analytique. Comme pour ce qui découle de la scène de nos origines, les fioritures dont nous croyons devoir assortir notre pensée psychanalytique ne peuvent rien pour en estomper la filiation, à peine l'agrémenter. Ne discerne-t-on pourtant pas, ici ou là, ceux qui jouent à être leur propre père ?

Depuis quelques années, on assiste à une stupéfiante prolifération d'ouvrages qui, pour le public non analyste, risque de faire disparaître l'essentiel de la découverte freudienne. Nombre de ces écrits sont, en effet, les porte-voix d'une insidieuse dénégation implicite, simplement parce qu'ils détournent l'attention de... la scène primitive. En effet, ce qui se propose comme accès à la psychanalyse par la lecture ou l'enseignement présente la psychanalyse comme une expérience qui pourrait se concevoir en dehors du champ de la scène... de sa transmission. Il n'est pas arbitraire que la doctrine implique de façon formelle que ce soit la mise en œuvre des liens de filiation, à travers le transfert, qui constitue la seule voie d'accès à la réalité métapsychologique. Le vécu qui donne sa cohérence à toute spéculation analytique n'est pas remplaçable par une élaboration rationnelle, séduisante à l'esprit, qui ne pourrait se référer au ressenti de la situation. Proposer un abord textuel de l'analyse qui ne passerait pas par ce lien équivaut à « offrir de simples menus à des affamés », pour reprendre cette belle parabole.

Quelques analystes se souviendront avoir entendu Jacques Lacan, au cours d'un séminaire des années cinquante, relire pour son auditoire quelques lignes de Freud, avant de s'exclamer : « Ma parole, on dirait que Freud est venu à mon séminaire ! » Cette transparente antiphrase se voulait bien sûr la claire reconnaissance, à travers son inversion dénégatrice, de ce qui rendait éminemment présent dans ledit séminaire le père de la psychanalyse. L'étonnement feint de l'y retrouver rappelle ce jeune homme qui pouvait dire, avec un plaisir non dissimulé : « Hier, je suis tombé sur une photo de mon grand-père, c'est fou ce qu'il me ressemble ! » Que la substance de nos parents élabore notre propre substance est dissimulé par le besoin narcissique de nous affirmer. Rarement impliquée dans les aléas de notre destin, la scène d'où notre être a germé reste le crime parfait qui a scellé notre sort.

Malheureux au jeu, heureux en amour?

LES COULISSES DE L'EXCITATION

Sous ce que tu sais,
il y a ce que tu ne sais pas.

PROVERBE YAKI

C'est un jeune homme vêtu sans négligence ni recherche. Des yeux pâles au regard perdu lui confèrent une présence comme transparente. Sa voix douce est de celles qui font taire, par crainte de les voir s'éteindre. Apparemment, c'est là quelqu'un qui cherche plus à s'effacer qu'à s'imposer. Pour s'excuser d'être là, il me confie d'emblée ne pas saisir les raisons de sa venue. Puis, entamant son histoire, il rapporte quelques épisodes de sa vie, mû par un fil directeur qui m'échappe. Il détaille des scènes plus ou moins anciennes qui n'évoquent pas l'objet de sa démarche. Sa parole paisible et son discret vêtement lui servent sans doute à se masquer autant qu'à se montrer, comme il est de bon ton pour chacun de le faire. De son cheminement, je suis plus sensible à ses tournures qu'à ses évocations. Ce qu'il dit comme il le dit me semble être moins l'exposé que la conséquence d'un désordre que je suis loin d'entrevoir. Je note qu'il prend le temps de revenir sur certaines circonstances pour en évaluer le poids d'aléatoire. Je ne soupçonne pas que c'est cette propension qui me vaut sa venue.

S'il importe à ce jeune homme de s'avancer à sa façon, il importe moins au lecteur de suivre sa sinueuse progression. Je dirai donc plus directement qu'au long de ce qui m'est donné à entendre, je saisis que celui qui me parle est le fils unique de parents aisés et qu'il a fait d'excellentes études, particulièrement en mathématiques, domaine où il excelle. Sans augurer de ce que ce jeune homme requiert, je le laisse suivre les fluctuations de sa parole, pour ce qu'elles attestent de ce qui le régente.

L'analyste accepte de ne pas saisir d'emblée ce qui fait s'adresser à lui. Comment celui qui en est venu à se défendre de l'angoisse, par des procédés qu'il ne perçoit pas toujours comme des symptômes, pourrait-il souhaiter en être détourné et se trouver ainsi affronter ce qu'il fuit ? Pris secrètement entre deux feux, il ne peut incriminer ce qui le protège, parce que ce qui l'astreint n'est pas ce qu'il endure. Pour cette raison, il est vain de questionner celui qui, poussé à justifier sa demande, n'a pas les moyens de la situer d'une façon qui ne soit pas élaborée par sa névrose. À celui qui l'écoute de percevoir, à travers ce qui lui est rapporté, ce qu'implique qu'on le lui expose. Ce qui se trouve formulé est, à coup sûr, ce qui présente le moins de problèmes. Dans la demande adressée à un analyste d'être soulagé d'une souffrance, la souffrance se trouve au service d'une démarche qui dépasse ce qu'elle accuse.

Devant ce frêle jeune homme, je me demande ce qui en lui a pu inquiéter la collègue qui me l'a adressé. Je suis surpris quand il en vient à me dire que ce qui a déterminé sa précédente thérapie, c'est la distraction ! Ce n'est, précise sur ce point mon interlocuteur, pas tellement la distraction en elle-même que ses conséquences, déplorées par l'entourage. Pour tout dire, ce n'est pas lui qui se plaint, mais ses proches devant les rendez-vous manqués, les démarches oubliées, les accidents provoqués. Or, et c'est là ce que cet homme ne comprend pas, il est pour cette raison en psychothérapie depuis plus d'un an avec la personne même qui lui conseille maintenant de faire une analyse. Il ne saisit pas pourquoi. Je n'en vois pas non plus la raison. Je sais seulement que la collègue qui me l'a adressé m'a précisé que l'état de ce jeune homme semblait nécessiter plus de temps qu'elle ne pouvait lui en consacrer.

Dans le cadre de la totale latitude offerte à la parole par la règle de l'analyse, il apparut vite que la distraction de ce jeune homme était l'envers d'une extraordinaire disposition pour la méditation et la réflexion. Pendant des heures, qu'il ne voyait évidemment pas s'écouler, il pouvait reprendre mentalement de fond en comble des problèmes scientifiques, stratégiques ou historiques dans leurs moindres détails, en concevoir mille variantes, elles-mêmes sources de mille autres. Il était tout à fait conscient de ce penchant qui, en dépit des incidents, lui procurait beaucoup d'agrément. Cette tendance semblait moins refrénée que délibérément entretenue, ne serait-ce que pour ses retentissements professionnels. Spécialisé dans la recherche informatique au plus haut niveau, c'est en laissant pendant des heures son esprit reprendre de mille façons des problèmes réputés « impossibles » que cet homme finissait par leur découvrir des solutions « inespérées ». Cette réussite n'avait évidemment rien pour tempérer sa propension, mais tout pour l'encourager à faire de son aptitude un art. J'avais affaire à un distrait professionnel qui n'ignorait pas que ses rêveries avaient sur lui une emprise qui échappait à sa propre emprise, ce qu'il ne déplorait pas pour autant.

Cet homme faisait toujours suivre le retour de ses souvenirs de nombreuses fluctuations. Certains traits de son enfance se dessinèrent néanmoins derrière ses digressions. Pendant ses premières années, son père, fréquemment absent pour son travail, n'avait pu compenser les défections d'une mère à maintes reprises hospitalisée. Divers substituts maternels avaient même quelque peu effacé les souvenirs lointains de cette mère, plus indistincts aujourd'hui que ceux d'une gouvernante, à l'abord plus facile. La forte personnalité du père avait dominé et dominait encore la vie de celui qui en rendait compte à sa manière. Le joug de l'analyse, démarque de celui du père, allait aisément imposer sa règle. La succession des séances à peine instaurée, de longues chroniques imaginaires vinrent les remplir, allant jusqu'à se poursuivre d'une fois sur l'autre. Cette analyse allait prendre du temps avant de dégager son véritable objet.

Ce qui assure la continuité de l'organisation mentale ne pérennise pas moins ce qui est préjudiciable que ce qui est profitable. La fantastique inertie qui arrime ce qui nous constitue n'apparaît qu'à l'occasion de nos épreuves. Tant que nos comportements nous conviennent, nous croyons les maintenir librement. Quand ils nous accablent, alors seulement nous découvrons qu'ils échappent à notre emprise. Nous savons nous attribuer l'inspiration et le mérite de ce qui nous avantage, mais quand nous n'en sommes pas trop fiers, nous sautons avec soulagement sur l'idée que cela se dérobe à notre volonté. Comment, dès lors, s'étonner que nous ayons ensuite beaucoup d'efforts à faire avant d'être à même de retrouver dans ce qui nous dessert la griffe de notre participation ? Même prêts à nous sentir concernés, nous ne nous soupçonnons pas être l'agent de nos malheurs. Ainsi, quand nous parlons de nos épreuves, nous croyons nous borner à en communiquer les pénibles conséquences, sans percevoir le moins du monde l'usage implicite qu'en en parlant nous en faisons. Celui qui entreprend une analyse pour maîtriser sa détresse en vient souvent à être moins soutenu par l'envie que ça change que par le souci d'apporter la preuve de la réalité de ses dires. Ce n'est pas à nos supposés pouvoirs de thérapeute qu'il fait alors appel, c'est plutôt à notre capacité de reconnaître ses allégations et de lui en donner acte. Être reconnu et apprécié comme il est, voilà ce qui constitue la majeure préoccupation de celui qui, séance après séance, met sa parole au service d'une attente sans cesse reconduite. Au long des semaines, à me communiquer ses innombrables supputations, ce patient semblait engagé dans un discours dont l'objet rebondissait sans cesse.

Tenir celui qui nous écoute pour friand de notre monologue, l'analyse n'y prédispose que trop. La règle fondamentale, en offrant tout l'espace souhaité à la libre association, est une incitation à divaguer pour qui, sur le divan, n'est contraint que par ce qui le meut. Ainsi, quand l'envie en vient à ce patient, il reprend tantôt une des lointaines guerres puniques, tantôt le plus récent débarquement en Normandie, ou tel autre fait historique important et, sans ambages, il décide qu'à un moment clé des événements, un des protagonistes tombe amoureux ou se trouve simplement affligé d'un hoquet persistant, ou plus prosaïquement encore, reçoit dans l'œil une minuscule poussière. À partir de ce fait mineur, cet étonnant stratège, qui possède une culture fantastique sur ses sujets, se met à envisager, pendant des durées indéfinies, tout ce qu'il aurait été possible qu'il advienne comme conséquences proches et lointaines de cet incident apparemment insignifiant. De fil en aiguille, ces conséquences en viennent à rejoindre le moment même où le parleur en parle, point qui m'apparaît de bon augure, puisque c'est le présent de sa méditation qui en devient l'enjeu. Il ne me reste qu'à trouver l'opportunité de payer de retour ces infinies reprises en leur proposant l'objet qui les détermine.

Endoctriné à longueur de temps par la révision de tant d'événements, il m'aurait été difficile de ne pas tenter d'imaginer ce qui, dans l'existence de cet homme, l'aurait incité à cette perpétuelle remise en question. Quel événement décisif aurait pu se révéler douloureusement aléatoire ? Ce que chacun de nous est devenu a tenu à mille et mille détails de la vie de ses géniteurs et des géniteurs de ses géniteurs. C'est pourquoi, quand l'occasion m'en fut donnée, je relançai les réflexions de cet homme sur les circonstances du mariage de ses parents. Je voyais là une raison vraisemblable à ses infinis retours, qui aurait pu donner corps à sa tendance méditative. À part de faire surgir la réflexion que « le plus problématique de notre destin reste de nous avoir fait frôler le néant avant que de nous faire advenir », cela n'eut guère d'effet sur ses spéculations. Celles-ci n'étaient pas ennuyeuses, elles me poussaient à divaguer d'autant plus librement que l'attention flottante est susceptible de révéler la clé de ce qui la détermine. Trouverais-je, en l'occurrence, un rapport entre le fondement des dispositions de celui qui m'entraînait dans son sillage et le contenu de mes propres divagations ? Malgré son importance, je laissais souvent cette question en suspens, comme je vais le faire ici même, car il me faut maintenant préciser à mon lecteur que le véritable objet des présentes lignes n'est pas l'histoire de ce patient ou de sa cure. Par un curieux renversement, c'est ce sur quoi j'étais moi-même en train de méditer en ébauchant ce texte qui m'a fait penser à cet homme, exemple parfait de ce que je cherchais à exprimer. Son cas me semblait devoir illustrer les limites secrètes de la possibilité par chacun de gérer ses excitations, ce que j'ai souhaité être l'objet de ces lignes, n'en déplaise à la tournure digressive dans laquelle je me suis pris, à mon tour.

Une excitation n'est perceptible qu'à travers l'objet qu'elle promeut, et elle tend à se confondre avec lui. Ne dit-on pas d'un objet qu'il est beau, comme si cette caractéristique pouvait tenir à lui, plutôt qu'à qui l'affectionne comme tel ? Ce qui nous charme en lui, nous l'éprouvons sans avoir le soupçon que c'est en nous que s'élaborent ses propriétés charmantes. Cela obscurcit complètement que son effet est déterminé par notre façon de le considérer. Ce qui donne son statut à l'excitation est d'être subie. C'est de nous sembler suscité par un objet réel, halluciné, ou fantasmé, qui donne sens à notre ressenti. Cela signifie que nous nous plaçons en position de ne pas avoir prise sur ce qui en nous constitue cet objet ni, par suite, sur notre attitude envers lui. Notre regard, méconnaissant qu'il crée l'objet à sa mesure, répugne à se mettre en question par crainte de faire disparaître l'excitation. Savoir pourquoi nous tenons tant à nos excitations est un autre sujet, mais c'est assurément un constat courant que leur gestion, parfois périlleuse, incite à les travestir pour pouvoir les maintenir.

L'analyste a l'habitude d'entendre ses patients marquer de l'intérêt pour des objets auxquels lui-même n'accorde guère d'importance. Si, d'aventure, il y trouve lui-même intérêt, c'en est fait ! La qualité attribuée en partage à l'objet efface sa dimension subjective. Que le patient dise trouver intolérable telle chose ne questionne pas celui qui la trouve également intolérable. Ce partage introduit des obscurités insaisissables. Par contre, quand le patient manifeste une répulsion ou une passion pour quelque chose qui nous laisse froid, alors nos humbles oreilles vont commencer à entendre à plein les particularités d'un discours qui, sans cela, nous aurait paru fondé, et par là guère révélateur.

Pour revenir à mon jeune homme, il ne se lassait pas de poursuivre ses spéculations. Ce faisant, il m'instruisait sur bien des circonstances militaires ou politiques, qui eussent fait de ce monde où nous vivons un tout autre monde. À moi de repérer dans le filigrane de ses récits ce qui aurait justifié que leur narrateur les soumette à tant d'oscillations. Je cherchais une finalité présente à son penchant, mais rien ne m'apparaissait de ce qui pouvait être refoulé au présent. Il me fallait patienter et attendre mon heure.

Cette heure arriva. Elle sonna même à trois reprises, chaque fois aussi discrète dans la survenue qu'excessive dans la résonance. Chaque fois, elle éclaira un peu plus ce qui soutenait la capacité imaginative de cet homme. Je dois dire que cela se joua à mille lieues non pas tant de ce à quoi je pouvais m'attendre que du mode sous lequel je l'attendais. La première occurrence se présenta au détour d'un récit des plus actuels, puisqu'il s'agissait d'un épisode de la veille. Ce récit vint me surprendre. Un analyste doit pourtant s'attendre à tout. Malgré cela, il est condamné à ne pouvoir entrevoir ce qu'il n'est pas à même d'imaginer. Dès lors, non seulement il ne peut l'anticiper, mais en plus il a la plus grande difficulté à le discerner, jusqu'au moment où cela se présente d'une façon telle que ne pas l'apercevoir est pratiquement impossible. Le proverbe yaki, qui veut rappeler l'existence de ce qu'on ne se sait pas sous ce qu'on sait, ne peut rester qu'un vœu pieux ou un solennel constat, il ne peut prétendre être une directive praticable.

On admettra sans peine que, parmi les domaines où ce patient pouvait exceller grâce à son penchant, celui des jeux de stratégie lui soit des plus familiers. Les compétitions d'échecs, entre autres, suscitaient chez lui une ardeur qu'il ne pouvait me faire partager, dans l'ignorance où j'étais jusqu'au nombre même de cases où ces combats de titans se disputent. J'appris, donc, sans attention particulière, que, dans l'ambiance d'une de ces rencontres qui animent la chronique mondiale, il s'était laissé entraîner à remplacer un joueur, dans une des parties latérales qui entourent les compétitions internationales. Le récit de la partie faisait de moi un spectateur privilégié en ce que sa narration visait à me causer un certain effet. Ce que j'entendis me retint suffisamment pour me communiquer ses hauts et ses bas, jusqu'à la fin qui me surprit totalement.

La partie s'était engagée de façon fort classique — ne me demandez pas ce que cela implique —, mais le jeu me fut décrit comme rude dès le début. L'exposé au présent du combat passé me donnait à voir, devant un adversaire à la forte carrure, entouré de supporters ardents, notre frêle jeune homme aux yeux pâles en train de prendre l'avantage et de parfaire sa position « coup après coup », expression dite d'une façon qui me laissa quelque peu rêveur. La joie anticipée d'une proche victoire me fut rapportée de manière à me laisser augurer du renversement qui allait suivre, sans pour autant me faire pressentir le véritable enjeu de la partie, et de la cure elle-même. Notre jeune homme, empli d'assurance, mais des plus attentifs tout de même, éprouva un étonnement croissant à constater les erreurs qu'il faisait « coup sur coup » (variante ?) et qui, de façon imprévue, redonnaient la suprématie à son rival. Soudain, la défaite s'annonça imparable. J'entendis mon patient raconter s'être vu y concourir sans discontinuer jusqu'au MAT final, qui s'accompagna, à son grand saisissement, d'une éjaculation passive. Cette conclusion fut une amère surprise qui lui fit prendre conscience de l'état dans lequel il se trouvait depuis le début de la partie. Vécu dans la stupeur de la perte, ce dénouement le dérangeait, car il ne repérait aucune composante sexuelle dans ce qui l'avait animé.

Bouleversé par cette aventure, et par le difficile récit qu'il s'était efforcé d'en faire, cet homme accorda à sa cure une dimension de curiosité et d'intérêt dont le lecteur peut pressentir que la perte vint y prendre un sens que, jusque-là, elle n'avait pas eu. Je discernais enfin ce que, derrière la distraction, la précédente thérapeute entrevoyait comme inquiétant chez ce patient. Ses comportements dommageables se révélaient sous-tendus par des modalités d'excitation inapparentes, qui auraient pu le rester longtemps, si elles n'avaient été démasquées par le surprenant terme de la partie d'échecs. Pour ma part, revenu de mon étonnement, je me demandais, avec une curiosité soucieuse, jusqu'où l'énergie tenace de ce processus pouvait conduire cet homme. Les circonstances avaient dévoilé que sa secrète opiniâtreté était au service d'une libido qui le poussait devant un problème « impossible » à en découvrir une solution « inespérée ». Sous quelle forme et au prix de quelle perte ce qui pouvait se qualifier là, au sens le plus littéral, d'*« acting out »*, risquait-il de se reproduire ?

Le récit de la partie m'avait évoqué l'ambiance dans laquelle la vie de cet homme s'était engagée, rude à son début, devant un adversaire paternel à la forte carrure, entouré des supporters familiaux ardents qu'avaient pu être les successifs substituts maternels, adversaire devant lequel, comme tout bébé, notre joueur avait d'abord eu loisir d'avantager sa position. Ce parallèle justifiait que l'angoisse d'une victoire sur le père ait pu entraîner son renversement dans la perte. Cependant, de façon habituelle, la victoire consentie au père est plus un fantasme qu'un dénouement vécu comme une source de plaisir. Mais y avait-il eu plaisir ?

Avant de sonner, l'heure suivante se fit attendre. Elle me surprit à nouveau, malgré une écoute de ma part maintenant mieux cadrée. Des problèmes financiers firent que ce patient fut amené à me verser en une fois une somme importante. Je dois avouer que je ne m'étais nullement douté, avant d'en être informé à la séance suivante, que, à peine ladite somme posée sur mon bureau, il avait ressenti « quelque chose qui ressemblait à la fin de la partie d'échecs ». Je n'en demandais pas tant ! Pourtant j'attendais, sans trop l'espérer, que vienne s'inscrire dans nos rapports, j'entends dans le transfert, quelque chose qui ressemblât au terme de cette partie d'échecs. Savoir que les analystes ont la réputation de préférer être payés « en liquide », ou me remémorer que, lors du récit de la partie perdue, l'éjaculation m'avait été rapportée en termes de « perception » ne m'éclairait guère. Par contre, le fait que le patient ait précisé avoir ressenti un immense plaisir à l'idée de me faire plaisir put être rapporté à une scène d'enfance qui révélait l'ambivalence vis-à-vis du père, dont la présence était aussi souhaitée que redoutée. La victoire donnée à l'autre, lors de la partie d'échecs, avait été qualifiée d'« offerte sur un plateau », un peu comme la somme qui m'avait été donnée. Cela allait dans le sens du fantasme que peut avoir le garçon de donner du plaisir à son père, sans trop savoir comment. Le père était décrit comme un « homme d'argent » et ce genre de compétitions met en jeu des sommes pas plus négligeables que celle qui m'avait été remise. Voilà ce qui, à ce moment, me semblait offrir un sens actuel à ce qui se révélait comme un symptôme. Un symptôme qui s'incarne dans la situation analytique est pain bénit lors de sa survenue, pas toujours lors de sa résolution, pourtant moment clé de toute cure. En l'occurrence, la conséquence physiologique, qui avait shunté toute expression verbale, occupa quelques séances, qui reprirent vite leur habituelle tournure visionnaire.

Qu'on ne croie pas que se donne ici à voir l'ensemble de ce qui se jouait dans cette cure. Avec le temps, bien des choses avaient changé dans la vie de ce garçon devenu un homme. La pâleur de son regard laissait maintenant percer une certaine détermination, qui lui avait permis notamment de se mesurer avec succès à son père, subi jusque-là comme un despote absolu. Pour embrasé qu'il ait pu être par la défaite, ce patient savait maintenant tenir tête et, jusqu'au récit fait par lui de l'épisode de l'argent sur mon bureau, j'avais eu la faiblesse de croire que l'essentiel du lien à la perte avait été dénoué.

Comment m'assurer de la disparition d'un symptôme dont la survenue semblait liée à une conjoncture imprévisible ? Ne pouvoir répondre à cette question m'incitait à ne pas envisager un terme à la cure, tant que je ne serais pas en mesure de me faire un compte rendu de ce qui s'y était joué. Rien n'apparaissait cependant dans le discours de ce patient qui aurait pu montrer la persistance de sa fâcheuse disposition. J'avais appris, bien avant l'affaire d'argent entre nous, que, quelques années auparavant, celui que je ne savais pas encore être un joueur malheureux avait fait des placements financiers catastrophiques, non seulement par les sommes perdues, mais aussi par des responsabilités encourues. Le récit de ces déboires spéculatifs avait réveillé mon propre sentiment de méfiance vis-à-vis des choses financières. Ces placements malheureux m'étaient donc apparus comme une exemplaire confirmation de ma défiance, plutôt que révélateurs d'un tempérament de perdant. C'est là un exemple de ce qu'il y a d'assourdissant à prendre en compte le sens manifeste d'une soi-disant réalité dans ce qui nous est rapporté de réel. L'épisode avait pu être assez directement référé par le patient à la réussite financière de son père, cependant qu'en ce qui me concernait c'était plutôt l'inverse. Le lien au père est tout aussi marqué dans l'analogie que dans la différence, dans la ressemblance que dans le contraste. La dissemblance masque le lien qu'elle incarne tout autant. Ce qu'on croit devoir faire pour se démarquer du père lie autant que de vouloir lui ressembler et possède le même effet de contrainte. Était-ce par la voie du plaisir pris à perdre de l'argent que ce patient avait été poussé à affirmer sa distance avec un père âpre au gain ?

Lors du récit de cette ancienne perte financière,

aucune résonance libidinale n'avait été pressentie par moi, même implicite. Maintenant je gardais davantage à l'esprit que l'implicite c'était moi qui l'élaborais avec mes propres façons de voir. Le mécanisme en cause chez ce patient était peut-être toujours en vigueur, caché et virtuel, n'attendant qu'une occasion pour se révéler, ce que je ne pouvais qu'appréhender autant que présager. Lorsque l'heure en survint, ce fut encore en différé, dans le récit cette fois d'un rêve au terme plus directement révélateur.

Ce rêve m'est relaté, sans que son narrateur laisse augurer de son dénouement. Son récit se réfère à l'épisode d'un véritable voyage en Inde, qui avait déjà eu l'occasion de susciter plusieurs variantes imaginaires. Des souvenirs du séjour effectué, à s'entremêler à la relation du rêve, donnent à celui-ci un tour réaliste, qu'accentue encore l'ajout de remarques actuelles. Le récit commence au moment où le rêveur voit s'éloigner le groupe avec lequel il vient de visiter le fameux Taj Mahal. Des réflexions viennent au présent sur ce gigantesque tombeau issu de l'imagination la plus démesurée et sur ce qui avait pu faire honorer à travers *l'érection* de ce mausolée *la perte* d'un être proche. Puis le promeneur-rêveur-parleur se décrit en train de s'éloigner à cheval dans la plaine désertique. *Heureux d'être enfin seul, il prend plaisir à chevaucher* dans l'immensité aride où rien ne s'aperçoit, sinon à l'horizon un minuscule édifice inidentifiable. Le cavalier dirige alors sa monture vers cette lointaine bâtisse qui l'intrigue. L'atteindre va prendre *un bon moment.* Le cavalier, qui me fait part de sa progression comme s'il avait choisi de l'élaborer volontairement, finit par distinguer un peu mieux cette construction isolée. Il se sent alors poussé par la curiosité et *ne peut résister au désir* d'aller voir de plus près cet endroit qui l'attire invinciblement. S'en approchant peu à peu, il découvre qu'il s'agit d'un de ces typiques échafaudages funéraires où des cadavres sont pendus pour y être dépecés par les vautours. C'est le *pendant* du Taj Mahal, pense-t-il. Poursuivant instinctivement sa progression, il finit par mieux distinguer les corps qui se balancent au gré du vent. Aussitôt captivé, il *ne peut se retenir* et s'approche un peu plus de l'un d'eux, pour avoir la vision, à la fois étonnante et pressentie, qu'il s'agit de son père.

La transcription par moi de ce récit de rêve reprend, autant que faire se peut, des formulations originales. L'ensemble, épilogue inclus, a gardé une tonalité narrative. Il ne s'agit somme toute que d'un rêve, mais à mes oreilles son inflexion descriptive contraste avec la macabre découverte. Pour peu banal qu'il ait pu être, ce contenu de rêve n'a rien pour trancher sur mille autres catastrophes cauchemardesques, dont les récits nous parviennent couramment. Un peu surprenant, quand même, d'entendre qu'*il y avait là mon cher père, dont le corps amaigri se balançait, vêtu d'une simple chemise comme un bourgeois de Calais.* Le lecteur se sera peut-être maintenant douté que le rêveur, en même temps qu'il identifiait la mortelle dépouille, avait eu une éjaculation qui le fit sur-le-champ sortir de son sommeil. Pouvoir jouir en rêve de la mort de son père fut une révélation dont la violence fut amortie par la réflexion que « ce n'était là tout au plus qu'un vœu pieux ».

*

Je ne vais pas poursuivre ici le compte rendu de cette cure, lequel n'a guère mon approbation pour plusieurs raisons. D'abord j'y chosifie celui qui en est le sujet, dans une représentation qui cache de façon insaisissable la part que j'y fournis. De plus, je donne à la parole de cet homme un tour indirect qui déforme la portée de son dire. J'efface par là le fait primordial que ce dire, à tout moment, ne prenait sens qu'à m'être très directement adressé, comme aurait été avancé un pion dans une partie d'échecs, dont la fin fantasmatique anticiperait en l'éclairant la stratégie du jeu. Cette comparaison pompeuse veut simplement évoquer qu'avant ce rêve, je m'étais demandé comment ce patient à l'imagination féconde pourrait envisager la fin de là partie qu'il jouait avec moi. J'avais été jusqu'à penser que cette fin pourrait prendre la forme de la fin de l'analyste. Le rêve avait resubstitué le « cher père » à l'« analyste cher » que j'étais.

Pour revenir à mon exposé, je ne peux cacher non plus qu'il souffre d'avoir laissé de côté beaucoup trop de ce qu'avaient ordonné, comme dans toute analyse, le jeu et le contre-jeu qui en constituent l'essence. Je dirai pour me justifier que ce texte se veut (je le veux) moins une observation clinique que, à partir d'une cure assurément réelle, une relation à visée métaphorique. Je m'autorise donc à continuer de faire parler, ou plutôt de mettre en scène, ce patient au service du présent écrit. Cette précision veut, pour sa part, souligner que la présentation psychanalytique de cette cure transite, comme il en est de tout récit clinique, par les circonvolutions cérébrales de son rapporteur, circonvolutions qu'on n'aura garde de réduire aux seules corticales. De quelque objet dont on veuille parler, on ne peut jamais en rapporter que ce à quoi on a été sensible, et de la façon dont on l'a été. Pour l'analyste, comme pour quiconque, le monde est constitué de ce qui, plus ou moins directement, le concerne, l'intéresse, pour ne pas dire l'excite. Aucune observation ne saurait avoir la prétention d'échapper à cette exorbitante contrainte. Ce que l'exemple donné par cet homme a animé (excité ?) chez moi, et que je veux transmettre à mon lecteur qui devrait s'y trouver autant concerné, n'est rien moins que le problème économique de nos excitations.

Est-il licite, aux esprits forts que notre culture occidentale nous enjoint d'être, de réduire la question de nos excitations (sexuelles et autres) à la perception et à la gestion de ce que notre conscience peut identifier comme tel ? À tout instant de notre vie, nous est-il possible d'avoir accès à ce qui est en train de nous conduire, pour ne pas dire de nous mener par le bout de ce qu'on voudra ? L'histoire de ce patient permet, au-delà des éjaculations révélatrices d'une économie libidinale inconsciente, d'y déchiffrer la dimension surdéterminée de son monde imaginaire, dans lequel la recherche d'une solution « inespérée » devait répondre au souhait « impossible » de la mort du père. La conclusion physiologique avait trahi la nature de l'excitation sous-jacente et le rêve par sa clarté celle de son origine. Il est courant d'entendre rapporter les prouesses sexuelles qui suivent une mort parentale. Le récit en est fait avec plus ou moins de gêne ou de culpabilité. Pourquoi l'évocation anticipée de cette mort n'aurait-elle pas les mêmes effets, surtout quand cette perte est rêvée !

Lorsque l'excitation sexuelle naît d'objets culturellement sexualisés, le mécanisme de sa montée et de sa satisfaction est aussitôt compréhensible, c'est-à-dire qu'il ne semble poser aucune question. Lorsque ce qui est la source de l'excitation n'est pas repérable comme proprement sexuel, on peut invoquer la sublimation, mais si la satisfaction se manifeste dans le registre directement génital, comme ici par l'éjaculation, elle dérangera à la manière d'une interprétation sauvage, qui ferait de cette sublimation une perversion. Lorsque, pour prendre un exemple moins rare qu'on n'est tenté de le penser, la dynamique de l'excitation s'entremêle avec ce qu'on appelle les tendances suicidaires, si le récit peut nous en parvenir, c'est évidemment que la mort de l'intéressé ne s'en est pas suivie. Dans le jeu excitant avec la mort, un objet peut venir s'interposer, qui détourne sur lui la visée mortellement excitante. Cet objet, en l'occurrence salvateur, est le récit qui peut s'en faire. Il ne faut pas confondre la mort, l'envie de mourir et les récits qui les relatent. Même pour ce qui est de la nôtre, toute mort est un récit qui s'offre comme un objet d'intérêt forcément partagé par tout mortel. Au long de notre enfance, le spectre de notre mort ou celle de membres de notre famille devait mobiliser, en nous et autour de nous, des craintes et des attentes secrètes. Cela ne pouvait manquer de brider l'excitation qui aurait pu les accompagner. Il fallait l'abandon du rêve pour que puisse apparaître directement la solution impossible de la mort du père comme accès inespéré au plaisir. L'important, du point de vue de la dynamique analytique, était que l'épisode onirique avait offert au rêveur racontant son rêve l'opportunité d'assumer, par la forme et le ton donnés à son récit, le plaisir pris à la représentation de la mort du père. La possibilité d'y associer la mort de l'analyste en sa présence était, plus encore que par le rêve, l'occasion pour ce patient de prendre conscience de l'attente de cette solution inespérée pour conquérir sa liberté sexuelle.

Les rapports que chacun entretient avec ce qui provoque son excitation ne peuvent qu'être ambigus. Ce qui instaure et module notre excitation n'est pas sous notre emprise, tout au plus pouvons-nous tenter de canaliser ses effets. Dans l'exemple donné, la tentative de maîtriser la force sexuelle en jeu consistait à… ignorer sa dynamique. Au long des séances, l'analyste peut percevoir la présence d'une excitation qui n'est pas relatée, grâce à la saisie de celle qui est à l'œuvre dans le discours. De là à l'identifier, il y a encore à faire, mais le plaisir pris dans l'acte de parole peut être révélateur de la dynamique libidinale sous-jacente. Quoi qu'on dise, ce qu'on dit implique qu'on le dise, comme part essentielle de ce qui constitue ce dire. Ainsi en a-t-il été du récit de ce rêve, comme c'est souvent le cas. Dès lors qu'il s'agit d'un rêve, tout peut plus facilement se dire, puisqu'on est couvert par l'involontaire de ce qui s'est présenté. La verbalisation faite, un pas a été conquis sur l'interdit de penser volontairement à certaines choses ou de les espérer, comme ici.

Entendre l'enjeu actuel de ce qui se dit, telle est l'essence de l'écoute analytique. L'interprétation vise à faire reconnaître cet enjeu dans ce qui s'échange. Toute conversation peut être comparée à une partie d'échecs où le gain libidinal a le pas sur la matérialité des arguments échangés, comme les pions sont au service d'une finalité qui a intérêt à ne pas être trop évidente. Quel but justifie qu'on joue ou qu'on dise ? Qui veut-on faire jouir, quand on joue avec les mots comme avec des pions ? Qu'est-ce qui justifie l'énergie en jeu dans la parole ? La vigueur, la colère, l'entêtement ou quelque autre sentiment plus ou moins moucheté du moindre échange verbal témoignent du dessein en prise avec le dire. D'où surgit donc l'immaîtrisable besoin de convaincre à propos de tout et de rien ? Le ton le plus mesuré et le parti pris le plus réduit ne sauraient pour autant supprimer la raison d'être de la moindre parole, qui est de provoquer... un certain effet. Sans cela pourquoi parlerait-on si souvent « pour ne rien dire » ? Dans toute cure, quelles que soient les pensées qui surviennent, elles donnent l'opportunité à ce qui constitue l'attente inconsciente de s'incarner dans l'imaginaire de la rencontre, par la forme donnée à leur expression. Pour ce jeune homme, le fait que de telles éjaculations ne soient jamais survenues avant l'analyse permit de les considérer moins comme des symptômes que comme des passages à l'acte, verbalisés à la place de ce qui ne réussissait pas à s'exprimer sous un mode direct : la jouissance liée à l'idée de la mort du père. Lors du récit de la partie d'échecs perdue, le plaisir pris à la défaite était relaté au substitut du père qu'était l'analyste, malheureusement incapable de l'entendre comme l'offre d'un jeu sexualisé en valant bien d'autres. Dans le récit de la mort du père, détailler avec complaisance la contemplation *réjouissante* de son cadavre était une façon inespérée d'exprimer le plaisir escompté à la disparition de l'analyste.

Nous avons tendance à étiqueter indûment comme de l'agressivité les souhaits mortifères inconscients, alors qu'ils représentent, au contraire, un mode de renoncement à l'agressivité. Qu'y a-t-il de moins agressif que d'attendre la mort d'un despote pour accéder à la liberté ? L'absence de tout esprit de révolte n'offre comme issue à la soumission que la fatale. Il en résulte que tel qui pourrait jouir au détour d'un gibet imaginaire de la mort de son analyste serait qualifié d'agressif, même si ses yeux pâles, sa gracilité et sa petite voix se veulent la preuve permanente qu'il ne trouve acceptable que de s'incarner dans la faiblesse. À de telles victimes de l'excitation qui balise secrètement leur vie sans faire le moindre mal à quiconque, devons-nous faire reconnaître leur agressivité plutôt que leur peur d'elle ? Si ce qui est en cause dans les deux cas est semblable, la morale implicite ne l'est pas. Prendre conscience de son agressivité délie moins que ne pas avoir peur de ses pensées.

Ce qui préside à la montée de l'excitation s'efface devant les attributs prêtés à l'objet de cette excitation. Les dispositions qui régentent le jeu de nos excitations sont le fait d'imprégnations enfantines occasionnelles. Nous ne nous en préoccupons que si ce jeu conduit à l'impuissance, à la frigidité ou à quelque autre symptôme. Découvrir ce qui en soi fait naître l'excitation peut susciter un certain effroi chez celui qui préfère attribuer son état à l'objet, comme le fait le persécuté qu'est plus ou moins tout enfant qui voit en ses parents ce qui le sépare du plaisir. Dans le cas évoqué, une fois l'excitation liée à la perte en faveur du père reportée sur la perte même du père, restait à le lui faire savoir, à ce père, grâce au récit du rêve qui offrait la possibilité de l'assumer pleinement. Comme toute parole qui, d'avoir trouvé son destinataire, est vouée à s'épuiser, le côté compulsif de l'imaginaire de ce patient s'atténua. La capacité de méditation, façonnée par des années de pratique, persista comme aptitude plus que comme propension. Les séances avaient pris un tour de liberté à gérer le présent. Il ne restait plus à toute cette aventure qu'à demeurer en moi jusqu'à ce que, à mon tour, je la reprenne pour illustrer que les symptômes sont soutenus par une excitation que celui qui semble en pâtir ne mesure pas.

En vérité, chacun ne tient guère, sur ses excitations, à savoir ce qu'il n'en sait pas. Sur ses amours, non plus.

« L'amour me comble
parce qu'il me dit que je ne suis pas seul. »

SEUL DEVANT QUI ?

« Pince-mi et Pince-moi sont dans un bateau. Pince-mi tombe à l'eau. Qui reste dans le bateau ? » Devant ce rude problème, l'enfant, pour qui présence et absence en sont encore à se discerner, a besoin de se concentrer avant de répondre. Il se doute — et ça n'est pas rien — que l'important concerne moins qui est dans le bateau que lui-même et sa capacité à raisonner. Cet écart est essentiel, car un premier mouvement le pousse à répondre la fantaisie qui lui vient. Devant l'intérêt qu'on lui porte, l'enfant s'applique à réfléchir. Plus sa jeune capacité dialectique sera dégourdie, plus sûrement elle le fera pincer, et d'autant plus cruellement pour son amour-propre.

Malgré son application, et même à cause d'elle, notre jeune logicien sera totalement pris au dépourvu par le contrecoup de la « bonne » réponse, dont il voit le questionneur se saisir de façon surprenante. Cette attrape, il ne l'avait pas imaginée, ni même flairée. Voilà un usage du langage qu'il ne connaissait pas encore, mais qu'il va s'empresser d'expérimenter sur d'autres proies. En nouvel initié, il va aligner des victimes qui, pour averties qu'elles puissent être, ne sauraient éviter de se faire pincer à leur tour, dès lors qu'elles jouent le jeu de répondre.

Rasséréné par ce juste retour des choses qui le réhabilite, l'enfant retrouve sa bonne humeur et finit par ne voir qu'une simple espièglerie dans le drôle de piège où il est tombé : avoir raison et se faire pincer.

S'il y avait là matière à leçon, elle risque fort d'être perdue. L'embûche tendue par Pince-moi n'apprend rien, parce que son enseignement ne se laisse pas facilement gérer. La fraîche logique qui voulait qu'on ne puisse être à la fois dans l'eau et dans le bateau, à être subvertie par un curieux tour de passe-passe, révélait pourtant que toute signification est au service de qui peut l'imposer. Mais que faire de cette possibilité nouvelle ? Presque rien. L'enfant n'en usera guère que comme moyen de jouer avec le nom de ses camarades ou de ses professeurs. Même ceux qui s'appellent Cocu, Lapisse, Toulemonde ou Croquefer (ouvrez l'annuaire...), et sont amenés à vivre à leurs dépens l'expérience fâcheuse de Pince-moi, n'en seront pas sensibilisés pour autant à l'ascendant de cette diabolique dérive de la parole.

Vous et moi pouvons jouer, à l'occasion, de cette équivoque, sans trop évaluer comment elle opère. Vous êtes à la maison, on sonne. Ce n'est pas un menaçant Cyclope, mais un vulgaire démarcheur. Vous souvenant ou non de la leçon d'Ulysse, vous criez à travers la porte : « Il n'y a personne ! » Neuf fois sur dix (essayez !), l'importun n'insiste pas, faute de pouvoir trouver une réplique efficace à cette affirmation que pourtant sa formulation dément. Avec une économie de moyens sans pareille, vous aurez agencé une parade sans repartie grâce à une repartie sans parade. Cela peut réjouir, sans instruire, pas même le démarcheur, sur l'équivoque que peut offrir la substance de toute assertion. Le plus souvent inaperçue, cette équivoque tient à ce qui sépare le sens de l'énonciation de celui de l'énoncé. Si cette indépendance est flagrante dans l'exemple de « Il n'y a personne ! », c'est en raison de la totale contradiction entre ce qui est dit et ce que *de le dire* dit. « Je ne suis pas là » est moins en mesure de masquer la présence de qui l'affirme, bien que, depuis l'ère des répondeurs téléphoniques, tout un chacun puisse répondre directement et énoncer lui-même son absence à la place de la machine, avec toutes les chances d'être cru. Curieusement, ce genre d'expérience de langage, loin de consterner, ne manque pas d'affermir notre sentiment de maîtrise sur la parole. Il est vrai que la rareté des exemples qui accrochent l'attention fait croire que la duplicité des messages de l'énoncé et de l'énonciation est exceptionnelle, et pour cela cocasse. À un ami qui, le croyant cloué au lit, le rencontre ingambe dans la rue, quelle adhésion peut espérer celui qui se justifie par la confidence : « Je fais seulement semblant de marcher. » Autant dire : « Va voir à côté si j'y suis ! »

À la période où survient la fâcheuse aventure nautique de Pince-moi, ce « Va voir à côté si j'y suis » peut faire découvrir d'aussi cuisante façon la limite décisive de toute présence. Décisive, parce que à l'âge de cette découverte les présences sont souvent interdictrices. Discerner qu'on ne peut être ici et en même temps ailleurs, donc pas plus ailleurs et en même temps ici, enseigne d'un coup qu'on peut être *seul*. Antérieurement, l'enfant laissé seul percevait moins la solitude que l'abandon. Distinguer le fait que personne ne consente à lui répondre de celui qu'il n'y a personne pour le faire n'est pas évident. Être seul et être dédaigné sont deux situations qu'il faut apprendre à différencier et savoir expérimenter, pour ne pas souffrir de ce dont, au contraire, on peut profiter.

Cette leçon-là est capitale en ce qu'elle ouvre la voie à une forme nouvelle de transgression. Dans un premier temps, l'enfant ne perçoit ses désobéissances que par leur immédiat retentissement répressif. La punition corrobore l'interdiction, elle en fait partie en quelque sorte. Ainsi toute transgression délibérée est, à cet âge, vouée à être en même temps une provocation, et par là même un jeu qui peut conférer une part notable de plaisir. Concevoir qu'il est possible d'être seul, fût-ce dans la pièce à côté, ou seulement en se cachant, offre la nouveauté de pouvoir transgresser sans contrarier ou narguer. S'il survient alors le sentiment de l'interdiction, c'est à partir de l'anticipation d'une possible rétorsion ultérieure. Pour banal que cela puisse sembler, ce n'est pas simple. Cela suppose d'abord que l'enfant imagine l'interdicteur, qui justement n'est pas là, ensuite qu'il anticipe la punition, laquelle ne le menace que parce qu'il y pense. Celui qui, pour se protéger dans un futur anticipé, choisit ainsi de présentifier l'autorité à venir et une possible rétorsion, aura du coup intériorisé l'interdit. Celui qui croit prendre cette astucieuse précaution fait un progrès discutable par rapport à celui qui, peut-être par manque d'imagination, ne gère que le présent. Ce dernier dispose, quand il est seul, d'une totale liberté d'action. Il n'y a pas que cela qui fera de lui un pervers, au sens où, la menace qui pourrait le retenir d'agir n'étant pas intériorisée, rien ne lui donne le sentiment de culpabilité. C'est d'encourir un péril actuel et réel qui pourra seulement le contraindre.

Ainsi le clivage névrosé-pervers peut-il s'amorcer discrètement par l'épreuve de la dimension relationnelle de la transgression. Être seul, c'est pour le pervers être libre. Être seul n'apporte rien au névrosé. Ce serait, au contraire, quand il n'est pas seul et qu'il ne voit pas venir de rétorsion que le névrosé devrait pouvoir se rassurer. Malheureusement pour lui, que cette rétorsion ne vienne jamais ne fait qu'en pérenniser la menace. La crainte imaginaire d'une punition à venir se fait constante, son poids devient préjudiciable. Ce qui la maintient malgré ses inconvénients répressifs tient à ce qu'elle apporte un bénéfice d'une grande importance, bien que discret. La crainte permanente de rétorsion dément de façon tout aussi permanente le sentiment d'abandon, puisqu'elle présentifie une autorité. Dieu, à la présence immanente, trouve là une de ses meilleures raisons d'être. Il s'apparente à la mère secourable ou au père interdicteur, avec son œil inexorable qui peut poursuivre jusque dans la tombe. Qu'on ne puisse nulle part lui échapper, consent à qui le craint de n'être jamais seul. Jusqu'à maintenant, comme Il n'a encore jamais répondu : « Il n'y a personne », le doute demeure et le doute c'est déjà Sa Présence. Plus laïquement, sans que nous nous en doutions le moins du monde, un certain nombre de comportements sont le rappel de l'existence tutélaire de parents, parfois disparus depuis des lustres. On a peut-être perdu sa mère, mais on a sa conscience pour soi !

*

« Pince-moi » ou « Va voir à côté si j'y suis » sont, sous des variantes innombrables, des étapes que nous avons tous fatalement rencontrées. Ces pénibles épreuves, oubliées par la suite, ont contribué à constituer notre univers à travers la relation qu'elles nous ont fait instaurer avec lui. Elles ont donné sens et poids à l'entourage, à travers le genre de commerce qu'elles ont suscité. Ces tribulations dans l'appréhension du monde extérieur se sont inscrites au fil des expériences dans leur saisie par le langage. Cette dimension de *talking structure* pourrait expliquer le pouvoir de la *talking cure*. Le monde extérieur s'édifie à travers l'emprise langagière de la logique qui l'a régi. L'apparence qu'il a pour chacun, sa réalité, offre un nombre indéfini de sens possibles, même si un seul semble s'imposer. Il n'y a qu'à voir les représentations du monde changer avec les époques pour s'en convaincre. Quand nous nous étonnons, non sans condescendance, de certains comportements « naïfs » de nos ancêtres, nous les imaginons aux prises avec ce que notre univers nous inflige comme entendement des choses. Ce qui les rassurait ou les inquiétait semble, à nos yeux, enfantin, à tout le moins simpliste. Ce qui nous rassure ou nous inquiète leur serait apparu délirant. Toute chose n'existe que par ce qu'elle nous dit, mais elle ne nous dit que ce que nous lui faisons dire, évidemment. Le constat hégélien qui affirme que le réel est rationnel tient à la particularité inhérente au psychisme d'organiser rationnellement ce qu'il perçoit. Les lapins qu'on voit sortir du chapeau ne surprennent que ceux qui ne les y ont pas vu mettre. La diversité des lapins… je veux dire la diversité des rationnels, offre une multiplicité de réels. Le même arbre vu par un bûcheron, un peintre, un botaniste, un ébéniste, un paysagiste, un arboriculteur ou un fabricant de papier, offre à chacun la réalité qu'il lui attribue. La valeur de cet arbre, son attrait, *ce qu'il est*, pour tout dire, c'est une pluralité évidente de réels, à la disposition de qui ne croit pourtant que les observer. Le dieu dont, parmi toutes ses caractéristiques, cet arbre est une incarnation n'exerce son pouvoir que sur celui qui le lui confère. Combien de « réalités » continuent-elles à nous soumettre aux exigences que telles ou telles circonstances anciennes, pas toujours enfantines, ont instaurées ? La psychanalyse offre l'opportunité d'apprécier avec un œil différent l'éventuelle composante imaginaire des « réels » qui accablent. Bien des cures poussent à ressentir que « Ce n'est pas tant moi qui ai changé, que ce qui m'entoure ! ».

Les anciens enfants qui feront une analyse — il n'y a guère qu'eux pour en faire — mettront un temps *fou* à voir que c'est leurs façons de concevoir l'univers qui les enchaînent à la réalité qu'ils endurent. Ce que nous faisons en croyant simplement percevoir le monde, nous échappe sauf quand on vient s'y faire pincer. Ce qui enchaîne aux problèmes tient souvent à leur invention même. Cela ne nous apparaît clairement que chez autrui. Voir quelqu'un s'apeurer devant un parapluie posé sur une table me semblera ridicule, parce que je sais bien que c'est sur un lit que ledit objet porte malheur. Je serai alors ridicule aux yeux de qui c'est d'être superstitieux qui porte préjudice. Pour apercevoir que c'est l'énoncé du problème qui instaure le problème, il sera nécessaire d'apprécier la fonction de cet énoncé. La psychanalyse insiste électivement sur la fonction relationnelle de la parole, indépendamment de ses contenus, parmi lesquels l'énoncé des problèmes n'a pas la moindre place. Pour certains, pouvoir se plaindre constitue une façon de communiquer avec l'entourage, selon leurs premières expériences d'avoir ainsi retenu l'attention. Que pour se plaindre il faille souffrir sera le prix à payer pour avoir le sentiment d'exister pour autrui. Ce qui pourrait atténuer la plainte serait dans ce cas assez malvenu. Il y a quelques années j'assistais à une moisson exceptionnelle en Seine-et-Marne. Les grains de blé avaient la taille de grains de maïs. J'eus la malencontreuse idée de dire à un fermier : « Cette année, vous n'allez pas vous plaindre ! » Il me rétorqua, sans ambages : « Ça appauvrit la terre ! » Devant ma naïve estimation de son contentement, il avait eu besoin de me faire reconnaître qu'au paysan rien n'est jamais donné sans peine.

Il est malaisé de convaincre du décentrement permanent qu'opère la parole, parce que la prépondérance du dire sur le dit ne se perçoit que rarement. « J'ai de la difficulté à parler » ne devrait pas pouvoir se dire sans difficulté. « Je ne pourrai jamais vous dire que je vous aime (ou vous déteste) » est un moyen digne de Pince-moi de le dire, l'énonciation y contournant l'énoncé. Qui est en analyse affrontera plus ou moins vite, dans la situation même, ce dont il se plaint de souffrir. Ce moment constitue la névrose de transfert. « Personne ne s'est jamais vraiment intéressé à moi. Je vous dis ça en sachant que vous vous en fichez ! » Le travail sur ce genre de télescopage est central dans toute analyse, et déterminant. Vouloir se faire plaindre du désintérêt qu'on vous porte nie ce désintérêt. En bref, c'est quand les Athéniens s'atteignent que ce qui lie un parleur à sa parole peut se délier.

Dans l'exemple mésestimé de Pince-moi, le sort de ce dernier importe peu. Qu'il ne soit pas tombé à l'eau, qu'en plus il y ait poussé Pince-mi, ou qu'il ait accompli quoi que ce soit d'autre, quel intérêt ? Est-il même appréciable que Pince-moi ait ou non une réalité, qu'il soit un rêve ou du pur fabriqué ? L'essentiel, on le sait, est que son nom soit finalement prononcé. La réaction qui s'ensuit fait alors prendre conscience de ce qui en toute innocence a bel et bien été formulé. À faire regretter que ce n'ait pas été Aime-mi et Aime-moi à qui il aurait pris fantaisie de naviguer.

Quand l'enfant, euh… le patient, devant et pour son analyste, raconte son histoire ou des histoires, en quoi importe qu'il soit tombé à l'eau, resté dans le bateau, ou quoi que ce soit d'autre ? L'essentiel est dans la réponse qu'il cherche à obtenir. Sans qu'il s'en rende compte, et tout le problème est là, son discours énonce ce qui doit lui permettre de « pincer » l'analyste. Par la chronique de ses avanies et de ses angoisses, en passant par la relation de sa bonne foi ou le compte rendu de sa culpabilité, qu'attend le narrateur ? Le sait-il lui-même, lui dont la demande n'existe que par l'exposé qui la justifie ? Parler, c'est demander, exiger, supplier, pour le moins, d'être écouté, entendu et compris. Vouloir être compris est sans doute la forme la moins évitable du comportement grégaire humain.

Lorsqu'on parle, on porte son attention sur ce qu'on dit. On délaisse le fait déterminant que ce qu'on dit ne prend sens que d'avoir été dit, tellement cela semble aller de soi. Parfois c'est criant : toute vérité n'est pas bonne à dire. Cette vérité est-elle toujours bonne à être pensée ? À celui qui pense, il est impensable que sa pensée ne prenne sens qu'à être pensée. Ce qui gère le fantastique pouvoir clandestin du refoulement tient très précisément à cela. Nous vivons tous dans l'illusion que nous sommes ce que nous pensons et que nous ne sommes pas ce que nous ne pensons pas. Je ne suis pas méchant puisque je n'ai pas de méchantes pensées. La mort de mon père ou le corps de ma mère ne peuvent me troubler que par la pensée que j'en ai. Je préférerai donc ne pas trop y penser ou alors le faire grâce à des modalités qui me rendront la chose supportable, comme la douleur ou l'angoisse. Le pénible que je peux ressentir m'autorisera, en quelque sorte, à accepter certaines pensées. Plus subtilement encore, un certain malaise à me sentir seul pourra présentifier que j'ai réussi à me débarrasser de l'auteur de mes jours. Je ne saurai même pas que ce qui se joue là pour moi répète un vœu bien archaïque. Ce qu'on pense, comme ce qu'on dit, ne vaut que par ce qu'apporte secrètement que ce soit pensé ou dit. C'est d'une platitude insaisissable.

En analyse, le compte rendu accablé d'un souvenir lointain prend sa portée moins de son contenu que de cet accablement. Un tel récit peut difficilement laisser espérer qu'il puisse y être répondu dans le passé, il concerne donc de quelque manière le présent. Cette évocation n'est que l'orchestration habilement conçue d'une demande actuelle. C'est aussi diabolique que « Pince-moi ! ». Quel serait l'intérêt de détailler comment on a souffert dans le passé, vingt ou quarante ans plus tôt, ou seulement la veille, si on n'en faisait pas l'argument d'une requête présente ? Raconter ses déboires ou ses problèmes de jadis ou même du lendemain vise à susciter chez l'auditeur la réaction qui permette de le pincer. L'intuition la plus déterminante de Freud dans la compréhension de ce que lui disaient ses malades a été de saisir le fondement actuel de leur discours, quel qu'en soit le contenu. Cette façon d'entendre attribue la raison d'être d'une parole à ce qui doit résulter de sa formulation. Que le présent d'un discours soit ce qui en importe nous échappe souvent, jusque dans les discours politiques, dont on épluche plus le fond que les motifs.

En quoi la souffrance est-elle un titre à être aimé ? En quoi d'être aimé aujourd'hui répondrait-il à la souffrance d'hier ? On évolue là dans des logiques assez floues qui fonctionnent chimériquement. Toute la dimension du transfert est là. La mère qui se penche avec compassion sur les douleurs de son enfant lui enseigne qu'il la retient par sa souffrance. La leçon risque d'être indélébile. C'est ainsi que, plus tard, user de sa souffrance pour se rendre intéressant et se faire aimer va se fonder sur l'énonciation de ladite souffrance. Celle-ci n'a comme emprise que la réalité que semble lui conférer le récit. Certaines plaintes n'ont à l'évidence pas d'autre substance :

« Il faut que je vous dise que ma mère oubliait souvent de me donner mes biberons !

— Quelle misère ! Eh bien, mon cher, voulez-vous venir dîner ce soir ? »

Si ce n'est pas ça qui est attendu, c'est quoi ? Celui qui annonce cette lointaine frustration ne l'a jamais vécue que dans son discours, faute d'en avoir le moindre souvenir. Qu'espère-t-il de son récit ? Il ne le sait guère. Que cette attente reste obscure ne diminue en rien l'importance qu'il donne à l'exposé qui la légitime.

*

Ce qui autorise la saisie psychanalytique d'un discours tient, on s'en serait douté, à la règle qui préside à son expression. L'association libre fait apparaître que la parole naît de l'attente qui soutient sa profération. « Dites tout ce qui vous vient à l'esprit » exclut que ce qui vient se faire dire ait à se référer à la vérité, à l'importance, à la pertinence, à la décence du contenu. C'est cette règle qui établit la prépondérance du dire sur le dit, sans échappatoire. Le discours analytique permet de percevoir le clivage énoncé/énonciation par les contradictions implicites qui peuvent venir le parsemer. Se dire coupable, par exemple, n'a-t-il pas le paradoxal objectif de se faire déculpabiliser au moyen d'un aveu qui distancie du désir ? En séance, la parole n'est pas organisée par les seules souffrances ou culpabilités, mais elle sert souvent à affirmer qu'on est ce qu'on est, pour toutes sortes de raisons sauf le désir d'être ainsi. C'est cette désolidarisation du désir qui emporte au-delà du principe de plaisir.

Requis de dire ce qui lui vient à l'esprit, le patient a la possibilité de ne pas dire toutes les pensées qui lui viennent à l'esprit. Peut-il pour autant dire les pensées *qui ne lui viennent pas* à l'esprit ? Logiquement non. Pourtant, n'est-ce pas ce qu'il fait, totalement à son insu, puisque dire ce qu'il pense en modifie le sens, ou plus exactement lui donne sa véritable portée. Ce qui peut sembler un simple écart ouvre, en fait, à la saisie de la propension sous-jacente de donner de soi une certaine image. Derrière toute parole se cache la raison implicite qui la fait énoncer, raison totalement informulable. Essayez de dire pourquoi vous dites ce que vous dites, et vous voilà lancé dans une formulation qu'il vous faudra à son tour justifier. Ce soubassement intentionnel tacite explique pourquoi en analyse la parole est souvent marquée d'une conviction, d'une véhémence, d'une obstination telle que l'analyste risque de s'y faire pincer en se laissant prendre par le contenu de ce qui est dit, en place de saisir la raison qui le fait dire. Toute parole mérite qu'on évalue le profit qu'entraîne qu'elle soit dite.

Et à qui profite la pensée ? Cela pose question. Au moins celle de la nature du profit qu'il y a à penser. Il y a là, plus insaisissable encore que pour la parole, un écart, auquel on ne prête aucune attention, entre le contenu d'une pensée et ce qui résulte du fait que ce contenu soit venu se faire penser. Cet écart est semblable à celui qui sépare l'énoncé de l'énonciation, écart qui permet de distinguer le sens de ce qui est dit du fait que ce soit dit. Cyrano en a fait toute une tirade. L'important d'une pensée agressive ou érotique est moins son contenu que la composante culpabilisante ou excitante qui accompagne son évocation. C'est par ce qu'elle détermine sur le penseur qu'une pensée trouve sa raison d'être. L'angoisse est là pour le lui rappeler à l'occasion et l'en désolidariser. À moins que la pensée n'apparaisse suggérée par autrui ou… par un rêve. L'interprétation d'un rêve peut « dédouaner » une pensée interdite, qui se trouve autorisée par l'autorité tranférentielle du moment. L'accepter ensuite peut avoir des vertus, mais cela n'est évidemment le fait d'aucune émancipation, au contraire.

Dans la vie courante, la pensée atteste de sa portée éminemment tendancieuse si, tout à trac, il faut la communiquer. « À quoi penses-tu, mon chéri ? » en laisse pantois plus d'un, qui aggrave sérieusement son cas s'il croit bon de rétorquer : « À rien ! » Pourquoi serait-il si difficile, pour ne pas dire impraticable, de faire part de certaines pensées, si on ne percevait plus ou moins clairement qu'elles ne surgissent qu'en relation avec qui justement nous demande de les lui relater ? On ne sait pas forcément pourquoi cela est venu à l'esprit, mais on sent à coup sûr que ce n'est pas communicable. Encore moins si cela n'a aucun rapport avec le présent, parce que ce qui vient se faire penser est souvent destiné à contrebalancer le poids de la situation, ce qui le rend rarement partageable. Les silences qui parsèment peu ou prou les séances d'analyse sont comme des compensations secrètes qui rappellent, si besoin était, combien la pensée se conforte de la clandestinité. Mais il ne suffit pas d'être silencieux pour être libre de penser n'importe quoi. Les pensées coupables restent coupables par le poids que leur attribue celui qui les « a ». Aujourd'hui, on ne croit plus tellement en l'omniscience de Dieu, mais on s'interdit toujours certaines pensées. Le fait d'ignorer ce qu'on ne pense pas concrétise une soumission à l'autorité qui l'aurait imposé.

Bref, si vous désirez être seul, ne pensez pas !

Ou alors, parlez !

Envahis en permanence par un discours intérieur plus ou moins décousu, mais continûment fait d'une texture qui s'ingénie à se maintenir acceptable, nous sommes habitués, quand nous pensons, à une approbation interne permanente. La culpabilité qui accompagne certaines pensées n'a pas d'autre but que de les faire accepter, de même qu'affirmer qu'on a tort donne raison. Nous sommes si habitués à cette auto-approbation que nous l'attendons de tout interlocuteur, qui nous dérangera et nous agressera à simplement nous réfuter. Voilà le hic. Dès que nous transformons nos pensées en paroles, nous nous heurtons à d'autres façons de voir. Nous percevons alors notre solitude devant une somme de cohérences aussi coriaces que les nôtres. L'insupportable qui en résulte tient à l'impression, qui se fait alors jour, que nos paroles visent bien plus à nous affirmer ou à nous masquer qu'à communiquer quoi que ce soit. Ce que nous pensons, *a fortiori* ce que nous disons est, avant tout, au permanent service de causes obscures mais intraitables, dont la communication n'est pas le dessein primordial.

Le silence de l'analyste a la particularité de ne pas laisser apparaître son altérité de pensée. Celle-ci est redoutée pour le clivage qu'elle révélerait. Que l'analyste laisse apercevoir une divergence, et c'est pour le moins l'inquiétude, quand ce n'est pas l'angoisse, bien qu'il puisse être des cas où l'opposition et le conflit soient rassurants. De toute manière, un jour ou l'autre, il arrivera un moment crucial où l'analyste n'aura pas la possibilité d'être du côté de son patient, notamment quand celui-ci s'opposera à lui, l'analyste. Ce moment sera décisif. L'analyste saura en retarder l'épreuve jusqu'à ce que le patient puisse l'affronter. Si, ce moment venu, l'analyste continue d'éviter à son patient de prendre conscience de l'altérité qui les constitue, il contribue à le maintenir dans sa position enfantine en ne le reconnaissant pas comme un *alter ego*. Le contenu de la divergence importe peu, il n'est que l'occasion d'affronter l'altérité de l'interlocuteur, irremplaçable tremplin vers un peu d'indépendance de penser.

Penser, c'est gérer un permanent accord, parler, c'est gérer un permanent désaccord. « Je cherche désespérément à comprendre pourquoi les autres ne disent pas tous comme moi », s'étonnait quelqu'un qui ne mettait pas en doute la valeur universelle de ses convictions. Penser a un effet de communion, parler a un effet de disjonction. Plutôt que l'ignorer, mieux vaut reconnaître que celui à qui nous parlons menace nos certitudes et nous confronte à notre solitude véritable. Cette solitude, revers de notre singularité, nous apporte le pire et le meilleur. C'est en nous exposant au pire, qu'elle nous offre le meilleur.

« Je t'aime. »
À formuler ou à entendre,
mieux vaut ne pas trop chercher ce que ça veut dire.

DONT ACTE

I. JOUER AVEC LES MOTS

> Lorsque j'emploie un mot, il signifie exactement ce qu'il me plaît qu'il signifie, ni plus ni moins.
>
> HUMPTY DUMPTY

C'est avec candeur que nous usons des mots. Nous oublions que, pour les régir, il faut leur obéir ! Observez-les. À peine les avons-nous conçus qu'ils en prennent à leur aise. Partant du sens qui a déterminé leur création, ils en agrippent d'autres qui l'enrichissent, parfois le détrônent. Le plus tangible de notre dépendance aux mots tient au fait qu'il nous faille recourir à eux pour déterminer ce qu'ils sont et pour décider de leur usage ! N'est-il pas consternant qu'il faille se fonder sur le mot pour habiliter le mot ? Autant définir le mètre par ses millimètres !

On colporte aujourd'hui, mais la chose est connue depuis Aristote, que « le mot n'est pas la chose ». Cette assertion a dû inspirer Zénon, lequel comme chacun sait usait de mots pour prouver à ceux qui étaient venus l'écouter, parfois de fort loin, que tout déplacement était impossible. Cette formule « le mot n'est pas la chose » requiert — arrêtez-vous-y un instant — d'y considérer le mot comme la chose qu'on nomme mot et de tenir la chose pour ce que représente le mot chose. Il n'en reste pas moins que l'usage de toute chose reste affaire de mots. Même si l'usage n'est pas le mot usage, la chose usage est définie à travers le mot usage par l'usage de mots. Cela devient tout à fait limpide quand la chose est le mot, l'usage du mot dépendant de l'usage d'autres mots, dont l'usage…

Que le métalangage ne soit pas pour demain, il faut nous y résigner et souffrir d'être réduit à palabrer avec des mots pour décider du sens et de l'emploi des mots. Les talmudistes de tout poil et les linguistes de tout acabit, que nous ne pouvons manquer d'être quand nous avons à justifier du sens des mots que nous employons, se font, chacun pour soi, la courte échelle qui les élève dans leur propre certitude, sans que les autres les voient décoller de la gratuité de leurs assertions.

Le mètre a été défini, à son origine révolutionnaire, comme la dix millionième partie de la longueur du quart du méridien terrestre. Pour vous et pour moi, c'est difficile à expertiser, mais précis. Depuis peu, le goût du jour a fait dudit mètre un multiple de la longueur d'onde du Krypton 86. Cette référence ne fait qu'affiner la première et se veut, comme elle, une constante universelle. Pour le commun des mortels cette longueur d'onde n'est guère accessible. Par bonheur, pour permettre au *vulgum pecus* de mesurer les objets sans avoir à arpenter le globe ou devoir se servir d'un spectrographe, les physiciens ont créé un mètre étalon, lequel a été édité à une myriade d'exemplaires.

De leur côté, les savants-linguistes, pour nous permettre de pouvoir mesurer nos paroles, ont créé des dictionnaires, qu'ils ont aussi édités à des myriades d'exemplaires. Mais, à l'opposé du mètre étalon dont la définition est universelle et intangible, les définitions de ces volumineux ouvrages sont singulières et inconstantes. Plus le dictionnaire se veut savant, plus il mentionne de sens différents à chaque mot. Alors que le physicien vise à restreindre sa définition, le linguiste ouvre le plus largement possible les siennes, sans même se prétendre complet.

L'usage du mètre implique la concordance avec l'étalon. À l'inverse, l'étalon du mot, c'est son usage. C'est l'usage du mot qui détermine le sens de son usage. Usons d'abord du mot, on verra ensuite à décider ou à débattre du sens de ce qu'il « veut » dire. C'est l'usage admis qui suggère l'usage à adopter, sans en interdire d'autres. Les exemples dont les dictionnaires nous régalent sont cités pour cela :

HÉLAS ! Interjection de plainte, exprimant la douleur, le regret. Ex. : *Hélas, trois fois hélas !* (Robert). Exemple ô combien éclairant !

Plus un mot est important, plus il se trouve à la croisée de définitions qui arriment d'autres mots. Il n'est pas facile de préciser pour autant le sens de l'usage qu'on en fait, même dans un effort de rigueur.

« La vérité est la qualité de ce qui est vrai. » « Le vrai est ce qui est conforme à la vérité. » « Vrai et vérité sont ce à quoi l'esprit peut et doit donner son assentiment. » (Larousse et Robert réunis.) Humpty Dumpty ne dit pas autre chose.

Les grands mots que sont « réalité », « évidence », « certitude »... butent sur eux-mêmes et, humiliation sans nom (!), sont moins définissables que les autres. Dans le registre de la psychanalyse, nombreux sont les analystes qui, après Freud lui-même, ont voulu préciser le sens à donner au simple mot « fin » dans « la fin d'une analyse ». Depuis 1937, comment le manier autrement que comme la simple cessation des rencontres avec l'analyste ?

Aucun méridien terrestre, aucune fréquence vibratoire, aucun étalon ne pouvant désavouer le sens que nous donnons à nos dires, nous aurions tort de ne pas en profiter. Nous ne nous gênons d'ailleurs pas pour le faire. Finalement, nous gênerions-nous que cela ne changerait rien. Chacun use des mots comme il l'entend, faute d'avoir la moindre possibilité de faire autrement. Certes, un mot n'en est pas un autre (très important, ça) et on ne peut lui faire dire tout ce qu'on voudrait. Mais comment éviter que ce qu'on veut lui faire dire reste ce qu'on croit qu'il veut dire ?

Quant à ce qu'on entend, comment serait-ce autre chose que ce qu'on se figure entendre ? Alors pour ce qui est de ce qu'on comprend ! Si nombre de désaccords découlent de cet inévitable flou, certains accords ne sont fondés que sur lui. Tout le langage diplomatique a là sa raison d'être : mettre en accord des antinomies. Un échantillon de ce flou bienvenu nous concerne tous, et joliment ! Il n'est pas tiré d'un ouvrage de sémantique générale, ce qu'on peut regretter car son commentaire n'eût pas manqué de sel :

« Je t'aime. »

À formuler ou à entendre cette déclaration, mieux vaut ne pas trop chercher ce qu'elle veut dire, et déjà si c'est de l'offre ou de la demande. Allons, n'insistons pas, le Roi est nu. Avoir la naïveté de l'ébruiter ne le couvre pas pour autant. Nous restons tous démunis de la moindre couverture quand nous nous imaginons habillés des mots avec lesquels nous croyons nous couvrir.

« Je t'aime » est une formule qui a la géniale particularité de moins importer par son sens que par son usage. C'est une clé, un mot de passe.

L'usage d'un mot lui prête le sens qu'on lui donne (ou lui donne celui qu'on lui prête) parce qu'on croit qu'il l'a. Cet usage lui-même, on l'imagine en croyant s'y astreindre. Ce qui doit rester sauf, ce sont les apparences. Le langage doit être cohérent ou sembler l'être, sans qu'on puisse démêler là ce qui est admissible de ce qui « emporte » l'adhésion (!).

Il ne faut pas confondre la logique et la grammaire. La grammaire doit être scrupuleusement respectée, la logique peut être violée autant qu'on veut, si on n'a pas l'air de la bousculer. La parole est si peu exigeante dans ses exigences qu'elle nous accorderait la latitude de jouer avec les mots, si ce n'était déjà ce que nous faisions, à nos risques et périls et sans nous en douter. Ainsi, on peut employer les mots avec la gravité qu'ils semblent requérir. On peut à l'opposé ne leur conférer que peu de consistance, comparés à l'acte. « Ce qui est dit est dit » fera prendre toute parole dans le tragique quand « Ce ne sont que des mots » soulignera la futilité de leur usage. La preuve en est que pour certains il est plus facile de parler que d'agir parce que ça engage moins, quand pour d'autres il est plus facile de faire que de dire parce que ça n'affirme rien. On dit que les écrits restent et que les paroles s'envolent. Certes, mais les écrits peuvent se détruire, les paroles non !

Après ce préambule, fait pour restreindre les ambitions légitimes de tout utilisateur de mots, venons-en à user des mots pour cerner ce que le mot « acte » veut dire. Essayons de définir l'acte en tentant de l'opposer à ce qui ne serait pas acte, pour saisir ce qu'en font les psychanalystes, qui l'utilisent à leur manière.

En termes de psychanalyse, « acte » semble signifier *faire autre chose que dire.* Voilà déjà le flou installé, le « nuage d'inconnaissance », selon la belle formule de ce mystique anglais anonyme du XIVe siècle. Car, mentir, est-ce un acte ? Non, si c'est dire. Oui, si c'est tromper. Et si formuler quelque parole n'est pas un acte, taire quelque chose pourrait en être un. Dire ne serait pas un acte, quand ne pas dire saurait en être un ! La loi, qui punit celui qui ne fait pas ceci ou cela, considère sans ambages que le non-acte est parfois un acte, qui plus est, répréhensible !

Restons dans le registre freudien. Pour le psychanalyste, « agir » serait un mode de se souvenir. « Ce n'est pas sous forme de souvenir que le fait oublié reparaît, mais sous forme d'action. » En séance, le silence qui évite de dire pourrait être l'acte par lequel se manifesterait la trace mnésique d'une alarme ancienne. Se taire serait le passage à l'acte qui, sans plus, présentifierait ce souvenir. Ce n'est plus le flou du sens qui se montre dans cet exemple, mais son arbitraire. Pour le patient, dire ne serait, par définition, pas un acte. Et payer, et venir ? Là, le psychanalyste décide, comme Humpty Dumpty, exactement ce qu'il lui plaît que signifie le mot « acte », puisque ne pas payer ou ne pas venir est, en analyse, considéré comme un passage à l'acte !

II. ÊTRE JOUÉ PAR LES MOTS

> Si le mot n'est pas la chose, la chose
> c'est pourtant le mot qui la forge.

« Qu'est-ce que cette chose-là ?

— Un objet.

— Mais encore ?

— C'est un crucifix.

— C'est quoi, un crucifix ?

— C'est une croix sur laquelle il y a Jésus crucifié.

— C'est la croix sur laquelle Jésus a été crucifié ?

— Si on veut. C'est la représentation de cette croix-là, c'est un symbole religieux, une espèce de pense-bête pour ne pas oublier le sacrifice du fils de Dieu, dont je me sers comme presse-papiers. »

Les mots semblent réduits à désigner la chose. Ce faisant, pourtant, ils l'établissent comme réalité en déterminant ce qu'elle est. Les mots « créent » l'objet. Un objet n'a pas besoin d'avoir de nom à lui, mais comment pourrait-il se passer de mots pour exister ? Comment le cerner ? La décence voudrait qu'on passe là-dessus plutôt vite fait. Pourtant il vaut de se demander si l'objet, précieux parmi tous, qu'est chacun de nous, existe en dehors de ce qui peut en être dit, y compris, est-ce chance ou malheur, par lui-même.

Pour l'analyste, il est important de démêler en vertu de quoi les mots s'entremettent entre son patient et lui, puisque c'est par principe uniquement eux qui, dans la situation, font exister l'un pour l'autre, et l'autre pour l'un. La psychanalyse fait apparaître les mots au service du transfert. Elle montre aussi le transfert au service de la répétition, répétition qui est un mode de ne pas se souvenir en mots, mais en acte. En définitive, pour l'analyste, les mots sont au service de ce qu'ils ne disent pas, de ce qu'ils ne peuvent, ne sauraient dire, qui est ce qui se trouve « agi » dans leur formulation, révélatrice de la relation transférentielle. Les mots sont les suppôts de l'acte inconscient.

Quant à moi, en écrivant présentement, je crois dire ce que je veux dire, en croyant surtout ne dire que ce que je veux dire. C'est pourquoi, dans les mots qui me viennent, je fais le choix le plus approprié. Comment le ferais-je parmi les mots qui ne me viennent pas ? Ce choix-là, qui le fait ?

Un petit garçon reste, un soir, seul avec sa mère, son père est retenu par son travail. Heureux de ce tête-à-tête au plaisir partagé, il dit à sa mère : « On est bien tous les deux, je voudrais que papa soit mort. » Décontenancé par la stupeur horrifiée que provoque son souhait, il ajoute : « Jusqu'à demain matin ! » Et tout s'arrange. Pour cet enfant, « être mort » c'est être loin, être ailleurs, être parti, être empêché de revenir, selon la fadaise qu'on lui aura serinée. Découvrir l'irréversible de son souhait lui donnera une connotation prohibée. Son vœu deviendra impossible à faire, et sa mémorisation le rendra coupable de l'avoir fait. Gageons qu'il l'oubliera. Reste à savoir comment, plus tard, ce garçon pourra souhaiter être seul avec quelqu'un, voire quelles tonalités annonceront les lendemains matin. Ou tout autre chose, si ça ne manque pas de se remanier.

À quoi se soumet-on en utilisant les mots, sinon à d'autres mots qui, par contiguïté infinie, autorisent ou interdisent jusqu'à penser ? Tout nouveau mot, tout nouveau sens, peut déclencher un remue-ménage rétroactif sévère, en introduisant des corrélations malvenues. Il n'est jamais trop tard pour y être exposé. « Mais comment ai-je pu penser ça ? » Ou pire. Un jeune homme eut des crises d'angoisse le jour où il sut ce que voulait dire le mot « masturbation », alors que jusque-là en être un adepte forcené ne lui avait pas posé le moindre problème.

« Un mot, s'il vous plaît !

— Je vous en prie.

— Je voudrais vous rappeler discrètement que les présentes lignes ne se proposaient pas de gloser sur le mot, mais, en principe, de parler de l'acte.

— Merci de me le rappeler. Foin du mot, je passe à l'acte (en mots). »

Poser le regard alentour, voilà un acte. Aucun n'est plus familier. Aucun n'est plus trompeur !

Dans ce qui apparaît, rien ne signale que ne se trouve là que ce qu'on a appris à voir. Rien n'évoque que ce qui s'offre à la vue, c'est le regard qui le distribue. Rien ne laisse soupçonner que le spectacle qui afflue est ce qu'on l'évalue. Rien n'indique que le monde se rue comme on le constitue, et que ne s'y trouve que ce qu'on y situe.

La vue ne rencontre que ce qu'elle institue… avec des mots !!!

Ainsi, « regarder » serait un acte, un acte de création, de création de sens. « Baisse les yeux, petit impertinent ! » Et « entendre », tout autant, puisque c'est exactement ce qu'on décide qui signifie ce qu'on a entendu, qui crée ce qu'on a entendu.

L'acte serait-il définissable par ce qui en résulte : « Ne me regarde pas comme ça ! », ou par son intention : « Qu'as-tu à me regarder comme ça ? » Si c'est ce qui en résulte, qui en décide ? Si c'est l'intention, se limite-t-elle à la conscience qu'on en a ? Et qui doit en faire l'inventaire ? Et quand ?

Les mots (encore !) perdent leur sens, à trop s'en approcher. Mais, même pour ce qu'il en est de l'acte, peut-on s'éloigner des mots ? Peut-on oublier que l'acte est fait des mots qui le constituent comme acte, et comme tel ou tel acte ?

Je vois une fourmi sur ma terrasse. Je la suis des yeux. Puis, du pied, je l'écrase ! C'est un acte. Que je ne qualifierai pas, puisque ce sont les mots qui le feront être ce qu'il sera pour qui l'aura qualifié. Tiens, que vois-je ? J'en ai écrasé deux. Double acte ? Non, mon pied n'aurait pas été assez grand pour écraser les deux. Alors, aurais-je écrasé l'autre hier par mégarde, en passant ? Si oui, était-ce un acte ? Est-ce que ça n'en devient un qu'aujourd'hui ?

Et si, voyant la fourmi, par un effort (envisageable) j'évite de l'écraser, est-ce un acte ?

Et si j'évite de la voir ?

Pour clarifier tout cela, on a distingué les actes volontaires des involontaires et les actes conscients des inconscients. On sépare aussi les actes avérés de ceux qui sont mythiques, les actes plausibles de ceux qui sont… imaginaires. « J'ai tué ma mère en venant au monde. » Qui déciderait de la matérialité de cela sinon celui qui, dans l'après-coup évidemment, se le dirait ?

L'acte est un fait de parole, entendons-nous bien là-dessus. Car, de ne pas donner un sens à un acte effacerait ce qu'il aurait accompli, tout autant que de lui en découvrir un autre modifierait sa performance. Que l'acte soit fait des mots qui l'établissent, c'est ce que confirme le refoulement. Je ne peux avoir fait ce que j'ignore avoir fait.

Tendre l'autre joue est un acte.

Ne pas répondre aux offenses, serait-ce un demi-acte ?

Et ne pas voir qu'on y répond quand même, un quart ?

Tout ce discours manque de tenue. Ce n'est pas un acte convenable que traiter des mots et de l'acte de cette façon. Il y a bien d'autres façons d'en traiter (Dieu soit loué), mais ça n'arrange rien. Tant de travaux mériteraient d'être compilés pour leur rigueur et leur précision scientifiques. L'ennui, c'est qu'il n'est nul besoin de connaître seulement leur existence pour s'octroyer le droit d'agir, de parler ou de penser.

III. LES MOTS DONT ON SOUFFRE

Faire, c'est dire par d'autres moyens.

Quelles que puissent être les définitions dont on affuble l'acte, quelles que soient les significations qu'on lui attribue, elles ont des limites, puisque l'acte ne peut être à la fois ce qu'il est et ce qu'il n'est pas (très important, ça aussi).

En psychanalyse, « dire » ne serait pas « faire », « faire » s'emploie pourtant à « dire ». Dans le registre clinique, quel rapport établir entre le symptôme qui se « manifeste » (lui aussi) et l'acte ? Si certains actes sont des symptômes, telles la boulimie, les compulsions…, certains non-actes tout autant, comme l'anorexie, l'impuissance.. L'acte n'existerait-il que par rapport à une norme ? Question tragique. Ne pas faire « ce que tout le monde fait », c'est se distinguer, c'est un acte. Et pourtant, personne n'est comme tout le monde. Alors ?

Il est important de ne pas taire plus longtemps que les analystes n'ont pratiquement à connaître du symptôme que par ce qu'on leur en dit. Cela leur évite d'y mêler la question de l'acte. Tout notre savoir doctrinal nous fait réduire l'acte-symptôme qu'on nous décrit au dire qui nous en est communiqué. Ce qui importe de tout acte ainsi rapporté est la façon dont il en est fait usage dans le discours qui en fait part, et, pour tout dire, qui l'utilise. Ce qui importe, c'est l'interpellation que l'acte effectue *hic et nunc* par sa mention dans le discours qui le cite. Cette interpellation aura la forme d'une provocation, d'un chantage, d'une séduction, d'une transgression… Les emplois verbaux de l'acte ne manquent pas.

Celui qui qualifie de symptôme tel de ses comportements notifie par là qu'il refuse d'en être l'auteur volontaire et responsable. Il découle de cette étiquette posée sur son acte un lien moins astreignant à ce qui peut en résulter. Cela grâce à un pur jeu avec les mots. Celui qui casse un objet et dit pour se protéger : « Je ne l'ai pas fait exprès ! » peut s'entendre rétorquer : « Il n'aurait plus manqué que ça que tu l'aies fait exprès ! » Son excuse, en fait, l'accuse, car qui aurait pu penser, sinon lui-même, qu'il aurait pu le faire volontairement ? Celui qui qualifie son acte d'involontaire révèle qu'on pourrait douter qu'il le soit. Dénier ici affirme.

Parfois, l'ignorance d'un savoir est la forme qui permet d'en être porteur. En voici un exemple dans lequel l'accès à ce qui était ignoré nécessitait quelques sinuosités. Un adolescent vient consulter. La personne qui l'a adressé a pu éviter qu'une plainte soit déposée contre lui pour tentative de vol de mobylette, « à condition qu'il aille voir un psychologue ». Il est venu. Il est là. Il n'a rien à dire. Peut-être pourrait-il parler un peu de lui ? Oui, il a quatorze ans. Mais encore ? Il a été élevé par des « bonnes sœurs » parce que sa mère était malade. Pas depuis toujours quand même ? Si, et quand il a eu onze ans et qu'elle a été guérie, elle est venue le chercher. Depuis tout-petit il vivait dans une grande maison avec d'autres enfants, à la campagne. Il se rappelle sa surprise la première fois qu'on lui a parlé de sa mère pour lui annoncer son arrivée prochaine. Il se rappelle son attente et son émotion. Ainsi, il avait une mère à lui, même si elle n'était jamais venue, et n'avait jamais écrit non plus. Il s'en était bien douté qu'il en avait une, dont il était secrètement fier, tant il l'imaginait merveilleuse. Il pressentait aussi qu'elle finirait bien par venir un jour. Quel moment inoubliable que celui où, pour ses onze ans, elle est apparue. Il ne l'avait pas rêvée comme ça, mais elle a apporté des gâteaux et des vêtements. Ils ont vite été à la gare pour venir à Paris. Elle y habite auprès d'un homme avec qui il n'est pas toujours facile de s'entendre. Ça serait mieux d'être seul avec elle. Il n'aime pas quand ce type engueule sa mère pour qu'elle sorte travailler le soir. N'avait-il donc jamais vu sa mère avant ? Jamais, elle était à l'hôpital. Ni même entendu parler d'elle ? Non, elle est venue quand elle a été guérie.

C'est quand même curieux, ça, malade pendant onze ans et parfaitement rétablie ensuite. J'ai bien entendu que, depuis que le garçon la connaît, elle se porte bien et travaille même beaucoup, et tard. De problèmes, il n'y en a qu'avec cet homme qui est assez coléreux. Je continue d'écouter ce récit, distrait par quelque mystère qui m'échappe, quand, soudain, je ressens un choc en croyant comprendre que l'hôpital où était cette curieuse mère devait plutôt être une prison, que l'enfant sans être abandonné n'avait pu être élevé par elle, et qu'elle n'en a retrouvé la garde que tardivement. Je subodore aussi, par quelques détails sur ses heures de travail, quelles peuvent être les activités nocturnes de cette mère. Ainsi rectifiée, l'histoire de cet enfant retrouve une cohérence à mes yeux.

Je pense alors à ce qui pousse cet adolescent vers la délinquance, ou plutôt ce qui l'incite à se faire arrêter, car ses vols n'ont jamais été consommés, il s'est toujours fait prendre sur le fait. En un instant, j'imagine, mais le lecteur m'aura peut-être devancé, que se faire emprisonner injustement ou pour pas grand-chose aurait l'avantage d'établir une situation de connivence avec la mère. Cela permettrait à ce jeune garçon de faire le changement de mot entre « hôpital » et « prison », et ainsi de retrouver de la vraisemblance à son histoire, sans flétrir cette mère avec laquelle il se trouverait partager toute l'iniquité des hommes : on peut avoir été en prison sans avoir rien fait.

Que vais-je faire de cette intuition ? Le garçon avait promis de venir une fois. Il est là. Je le regarde. Reviendra-t-il, lui pour qui chercher à se faire mettre en prison n'est pas un symptôme, ni pensable comme tel, et dont il n'y a pas à « guérir » ? S'il ne revient pas et finit par se faire emprisonner, il pourra intégrer psychiquement cette mère sans détruire son image, en identifiant son destin au sien. Ce n'est pas rien. S'il revient, est-ce qu'il sera possible de lui faire prendre conscience de l'« acte » inconscient que constitue la prise d'une mobylette ? Et surtout serait-il suffisant de le lui interpréter pour lui restituer pleinement l'accès au parcours de sa mère ? Épineuse question.

Il n'est pas revenu. Ai-je seul fabriqué ce qui aurait constitué, à mes yeux, l'acte de se faire prendre pour des vols pas même commis, comme mode d'accès à un savoir ignoré, à une pensée latente ? Un acte ne veut rien dire tant qu'on ne le lui fait pas dire.

Le psychanalyste fait du dire un acte de transfert, et de l'acte un dire-non-dit que sous-tend un souvenir refoulé. Dans l'exemple du garçon, c'est d'avoir pressenti la vraie raison de l'absence de la mère qui aurait pu lui suggérer ce qui ne devenait « acte inconscient » que pour MOI. Ce serait ma construction qui aurait conçu l'acte en question, là où le garçon ne percevait qu'une simple envie de faire un tour en mobylette. S'il est possible de déterminer un acte par ce qui lui donne un sens, est-il possible de le démêler de ce qui lui donnerait un autre sens, parmi une infinité de sens ? À mes yeux, pour ce garçon menacé d'apprendre un jour ou l'autre l'histoire de son enfance, il valait de choisir la modalité la moins destructrice pour muer l'hôpital en prison. Est-ce le choix que j'aurais fait ? De quels semblables choix mon histoire n'est-elle pas faite ?

Tel l'enfant souhaitant la mort de son père, puis-je éviter d'être porteur de désirs dont j'ignore la portée ? Comme le garçon abandonné, suis-je tenu au sens spécieux de mes actes, sans accès à ce qui me les suggère ?

L'amour pour la mère animait ces enfants, il s'employait à dégager sa voie au prix d'un crime parfait. Comme Œdipe : aveuglément ! Dont acte !